THE GODDESS ORDERS TO KILL THE TSUNDERE WITCH
02
ミサキナギ
Illust 米白粕
ツンデレ魔女を
殺せ、と
神は言った。

ツンデレ聖女・ステラの

ここが可愛い！

～２年生編～

友達が出来て前向きな表情！
成長を感じる包容力
至高の絶対領域
How cute Stella is!

ウサギに変身する聖法……？

《女神は唯一神なり《「デウス・エスト・モルス」》》

クインザは疑わない。
自分に語りかけてきたのは
正真正銘の神なのだと。

THE GODDESS ORDERS TO KILL THE TSUNDERE WITCH
02
ミサキナギ
Illust 米白粕
ツンデレ魔女を殺せ、と女神は言った。

一章　クソザコオタクとでも呼んでくれ、と俺は言った。

入学式の日の朝。アントーサの寮内はお祭り騒ぎになるのが毎年恒例だそうだ。

パンパンパンッと広い廊下で何かが弾《はじ》けるような音が響く。聖法《せいほう》によって作られた小さな花火が打ち上がる音だ。色とりどりの火花が空中を行き交い、真新しい制服を着た一年生たちが目をキラキラさせながら、それを眺めている。

新入生を歓迎して、最年長の六年生たちが張り切って聖法《せいほう》を披露しているのだ。甘ったるい匂いのするグルグルキャンディーを配ったり、廊下の壁をローズアーチに変えたり、手品みたいに聖法《せいほう》でヒヨコを作って新入生を驚かせたりと、普段では考えられない賑《にぎ》やかさである。

そこにツンデレ構文が響いた。

「だ、だからあんたのために案内したんじゃないわ。目の前でウロつかれると迷惑なのよ！　ほら、ここが食堂よ。二度と迷わないよう覚えておくのね！」

ビシっと新入生に指を突きつけるステラ。

ウェーブのかかった長い銀髪に、引き込まれそうなマリンブルーの瞳。ツンとした目元が印象的な少女だ。ローブに包まれた小柄な身体《からだ》や、あどけない顔立ちを見れば新入生のようだが、学園で既に一年過ごしているステラはやはり貫禄《かんろく》が違う。

　ここはオラヴィナ王国にあるアントーサ聖女学園。周囲を雄大な森に囲まれた、聖女を育成するための全寮制名門女子校である。

　全校生徒が生活を営む寮は迷宮かと思うほどに入り組んでいる。初見で迷うなというのが無理な話だ。迷子になってしまった新入生を見つける度、ステラはこうして案内をしているのだった。

　新入生はステラにペコとお辞儀をした後、逃げるように食堂へ消えた。どうやらステラのツンデレは理解されなかったらしい。

　まったく、と彼女が腕を組んだところで、俺は堪《たま》らず口を開いた。

「ステラが『先輩』をしている……！　照れくさくてつい心にもない辛辣なことを言ってしまうが行動自体は優しい、これぞツンデレの基本！　最初は下級生に怖がられるが後になればなるほど慕われるツンデレ先輩が今ここに誕生した――――！」

「うううるさいっ！　耳元で語り始めないでよ」

　ステラは背負っていた杖《つえ》を取り、目いっぱいに手を伸ばして遠ざける。

　そう、この杖《つえ》こそが今の俺だ。

　現代日本のオタク男子高生だった俺は、工事現場から降ってきた鉄パイプが頭にぶつかったことでステラの杖《つえ》に転生したのだ。

　より正確に言えば、俺の魂はステラの魔法によって杖《つえ》に拘束された状態にある。元の世界の病室で本来の俺の肉体は眠っているらしい。……そう考えると、この異世界での生活は夢みたいなものだ。推しであるツンデレ少女の所有物になって、二十四時間一緒にいるわけだからな。

夢というか、もはやオタクの妄想だ。

ステラは食堂を後にして歩き始める。が、少しもしないうちに、大きなトランクを三つも床に置いて、肩で息をしている新入生に遭遇した。

「……」

今度こそ見て見ぬふりをすると決めたステラ。

新入生の横を通り過ぎようとするが――

「ちょっと、あんた」

結局、ステラは新入生の前に立つ。

「こんなとこにトランク置かないでよ。邪魔なんだけど」

「す、すみません。今どけます！《風よ、在れ《ウエナリア・ザイン》》……あれ、上手《うま》く持ち上がらない。《風よ、在れ《ウエナリア・ザイン》》、《風よ、在れ《ウエナリア・ザイン》》……！」

萎縮した新入生は、幾度も詠唱している。が、廊下の埃《ほこり》をわずかに舞い上げるだけだ。

見かねたステラが杖《つえ》をトランクに向ける。

「《風よ、在れ《ウエナリア・ザイン》》！」

（風の精霊、トランクを持ち上げてくれ）

ステラの意図を悟った俺は、周囲にいる風の精霊に呼びかけた。ふわり、と三つともトランクが浮く。

「で、あんたの部屋はどこ？」

てっきり端のほうに寄せられるだけと思っていたのだろう。新入生が「え」と呆《ほう》ける。

ステラは仏頂面《ぶっちょうづら》でトントンと爪先を踏み鳴らした。

「どうせ疲れてしばらく聖法《せいほう》は使えないんでしょ。あんたの部屋まで運んであげるって言ってるの。べ、別にあんたのためじゃなくて、本当に邪魔なだけなんだからっ」

「ありがとうございます……」と新入生は恐縮しながら自室へ向かう。

お礼を言うのはこっちのほうだ、と俺は思った。ツンデレ先輩を堪能《たんのう》させてもらったのだ。叶《かな》うことなら握手をして直接お礼を言いたいくらいだ。

新入生にとっては入学式の日だが、ステラにとっては新学期の日だ。

何の用事か知らないが、ステラは始業前に先生に呼び出されていた。

「あわわ、約束の時間に遅れちゃう……！」

お祭り状態の寮をステラは慌てて飛び出す。

新入生の部屋にトランクを運んだ後も次々と迷子に遭遇したステラは、そのすべてに付き合い、なかなか寮から出られなかったのだ。おかげで余裕を持って自室を出たのに、遅れそうになっている。

「改めて思ったが、やはりツンデレは神だな。困った人を見過ごせないステラの優しさが尊い！　その優しさを照れ隠しで隠そうとするとこがもっと尊い！」

「人が急いでるときに余計なことを言わないで！」

と言いつつ、ステラの走る速度はアップしていた。

羞恥心に駆られたことでステラの運動能力が上がったのだ。

寮内に植えられている木々は桜みたいな薄紅色の花を付けている。花びらがひらひらと舞い落ち、風を切って走るステラの銀髪に彩《いろど》りを添えていた。朝陽《あさひ》に照らされた上気した頰。口から洩《も》れる荒い息。真《ま》っ直《す》ぐ前を見つめる瞳はどんな宝石よりも輝いている。

俺がステラに見とれているうちに、目的地には着いたようだ。ステラの足が止まる。

新緑の草木に囲まれた、閑静な場所だった。心なしか空気が澄んでいる気がする。正面には教会みたいな真っ白い建物がそびえていた。

「ここは……？」

「学園内にある礼拝堂。女神様にお祈りするための場所ね」

女神、と聞いて俺は内心で顔をしかめた。

息を整えたステラは、ギギ、と木製の重い扉を開ける。

礼拝堂の中はまるで貴族の豪邸みたいだった。壮麗な絵画が描かれた高い天井、床には緋色《ひいろ》の絨毯《じゅうたん》が敷かれていて、壁や柱の至る所には金色の装飾が施されている。目が痛くなるほど煌《きら》びやかな空間だ。そこを見下ろすように、大きな女神像が飾られている。

頭からベールをかぶり、慈愛に満ちた微笑を浮かべる大人の女性。

この世界の唯一神。

女神が人々に篤《あつ》く信仰されているのは、豪華絢爛《ごうかけんらん》な礼拝堂を見れば一目瞭然だ。

その正体がこの世界で忌《い》まれている「魔女」だとは、俺以外、誰も知らない。

「……この世界の女神は清貧を好まないようだな——」

「しっ、黙って」

俺が口を噤《つぐ》むと、カツ、と靴音がした。

「あら～十秒遅刻ですわ、ステラ・ミレジア。約束の時間に遅れてはならない。貴族教育では基本的なことですが、平民の貴女《あなた》にはまだ身についていないようですわね」

……危ないところだった。異世界でも杖《つえ》は普通、喋《しゃべ》らない。人前で俺はお喋《しゃべ》り厳禁だ。

話しかけてきたのは、身体《からだ》のラインがしっかりわかるタイトなドレスを着た美女だった。長い髪を撫《な》でつける仕草や口元のホクロなど、やたらと妖艶《ようえん》で大人の色気が溢《あふ》れている。

（誰だ、ステラの身分をディスってくるこの美女は……？）

俺の記憶にはない。

反感を持って見つめていると、ステラは緊張した面持ちになっていた。

「遅れてすみません。あの、教頭先生……？」

ステラの戸惑いに、美女はルージュを引いた唇の端を持ち上げる。

「私がここにいるのに驚きましたか？」

「はい……てっきり二年生を担当する先生に呼び出されたのかと……」

「異例のことですが、メルヴィア先生は今年、二年生の学年主任も兼任されたのですよ、アハッ」

美女の後ろから、黒いトンガリ帽をかぶった小学生、もといエイルーナ先生がぴょこっと現れた。

顔馴染《かおなじ》みの先生の登場に、ステラの緊張が少しほぐれる。

「そうだったんですね。あれ、でも、そしたらスペランザ先生は……？」

去年の学年主任で、ステラにやたらと厳しかったスペランザ先生。

その名が出た途端、妙な空気になった気がした。

「スペランザ先生は退職されましたわ」

表情を変えず、メルヴィア先生は言う。その横でエイルーナ先生はいつものように微笑《ほほえ》んでいた。

「何分、急な退職だったため、教頭の私が二年生の学年主任を兼任することになりましたわ。

生徒の皆さんはスペランザ先生にお別れができなくて残念かと思いますが――」

「いえ、大丈夫です！　気にしてません！」

ステラはこっそりガッツポーズをしている。スペランザ先生には厳しく叱責された思い出しかない。いなくなったのはステラにとって朗報だ。

メルヴィア先生はコホン、と小さく咳払《せきばら》いをした。

「そろそろ本題に入りましょう。もう準備はできていますわ。こちらへいらっしゃい」

立派な緋色《ひいろ》の絨毯《じゅうたん》を踏んで、ステラは先生たちの後に続く。

礼拝堂の最奥《さいおう》にある祭壇。そこには大きな水晶球が置かれていた。なんだか教会には似つかわしくないアイテムだ。

「去年、ステラさんもやったので知っていると思いますが、これは守護精霊を視《み》るものですわ」

メルヴィア先生は長い爪で水晶球を撫《な》でながら言った。横でエイルーナ先生はインク瓶とペンを出している。

守護精霊とは杖《つえ》の中にいる精霊のことだ。

「本来これは入学時に行う儀式なのですが、ステラさんは去年、守護精霊が見つからなかったとか。もう聖法《せいほう》は使えるようですし、守護精霊がいないことはないでしょう。今、貴女《あなた》の守護精霊を調べますわ」

さあ、ここに杖《つえ》を当ててください、とメルヴィア先生は水晶球を示す。

ステラの顔は強張《こわば》っていた。

「えと……本当に調べないといけませんか？」

「学則により、すべての生徒の守護精霊の階級と属性は記録しなければなりませんわ。今まで調べられていないのが異例中の異例だったのですわ」

さあ、とメルヴィア先生が促してくる。

（これは、マズいことになったんじゃないか……？）

俺が不安を覚えていると、ステラも身じろぎしている。

「も、もし、もし仮にですよ？　わたしの精霊が、その……階級も属性もなかったとしたら……？」

ステラが懸念《けねん》するのはもっともだ。

彼女の杖《つえ》に宿っているのは通常の精霊ではなく、人間の俺である。属性も階級もあるはずがない。

「面白いことを訊《き》くんですわね、ステラさんは。階級も属性もない精霊はこの世界に存在しませんわ」

メルヴィア先生は小馬鹿にしたような笑みを浮かべている。

「精霊の階級は王階級《ロード》、公爵階級《デューク》、侯爵階級《マーキス》、と続き、最下位は騎士階級《ナイト》ですわ。いくらステラさんが平民の出でも、階級のない精霊はいないので安心してください」

強調された「平民」に俺はむっとする。

メルヴィア先生はどうやら生徒の身分を意識するタイプらしい。

「……そう、かもしれませんが、」

「それに、すべての精霊は光、火、水、風、土――五属性のどれかに属していますわ。既存の属性を帯びない精霊の存在、それは第六の属性が発見されたということ。これがどれだけ革新的なことかわかりますか？　千年続く聖法学《せいほう》は根底から覆《くつがえ》されることになりますわ」

「も、もしそれが発見されたら、先生は具体的にはどうするつもりで……？」

「貴女《あなた》の守護精霊が本当に新属性か確かめるため、その杖《つえ》は首都の大司教様の元に送られますわ。そこで女神様による審判を受けるでしょう。審判の結果次第で――」

（ダメだ！　これ、調べられたらダメなやつだ！）

階級も属性もないとわかれば、ステラと俺は引き離されてしまう。そうしたら俺は何のためにこの世界にいるのか！

ステラも危機感を覚えたようだ。杖《つえ》を握る手が汗ばむ。

「おっ、お手洗いに行きたくなりました！　また後ほど――」

回れ右したステラは唐突に足を止める。

（ステラ……？）

逃げ出そうとした少女は足元を見ていた。

つられて俺も視線を下げる。

（うわあああ――！）

ステラの足首には青白い手がいくつも絡《から》みついていた。ホラーでよくあるヤバいやつだ。叫ばなかった俺を褒めてほしい。

「は、離してください、メルヴィア先生」

どうやら幽霊の仕業ではなく、先生の聖法《せいほう》のようだ。

メルヴィア先生はステラに杖《つえ》を向けている。

「儀式はすぐに終わりますわ。――《水よ、在れ《アクアリア・ザイン》》」

「あっ」

青白い手がステラの両肩をがっちりと掴《つか》む。彼女はくるりとターンしていた。さらに幽霊みたいな手はステラの手を握り、杖《つえ》を水晶球に近付けさせる。

「くぅ……！」

ステラは抵抗するが、無駄だった。

杖《つえ》が水晶球に当たる――。

（どうする……⁉　『神の力』で水晶球を破壊するか⁉）

女神が俺にステラを殺させるため与えた『神の力』。

それで水晶球を壊せば儀式は中断されるだろう。その代わり、先生にもステラにも俺の力を悟られるリスクがある。

「あら～どうしたんでしょう。水晶球に何も浮かばないですわ。最下位の騎士階級《ナイト》でさえ小さな属性色が見えるはずなのに……もしかして本当に第六の精霊が存在していると……？」

メルヴィア先生の瞳が好奇心で輝く。その傍《そば》でエイルーナ先生も水晶球を注視していた。

早く決断しないとマズい。

（やるか……ステラと離れ離れになることだけは回避するんだ！）

水晶球を覗《のぞ》き込む先生たちに聞こえないよう、俺は小声で唱える。

「《デウス──》」

ガチャンと大きな音がして、思わず俺の詠唱は止まった。

「わわっ、インク瓶が！」

エイルーナ先生がインク瓶を落としていた。割れた瓶の欠片《かけら》が散らばり、緋色《ひいろ》の絨毯《じゅうたん》には黒いシミが広がっている。

「あら～エイルーナ先生、その絨毯《じゅうたん》、お高いのに！」

「つい手が滑ってやっちゃいました……アハッ」

ぶかぶかのローブの袖を振り、エイルーナ先生は取り繕うように笑う。

メルヴィア先生が水晶球に目を戻した。

ステラの杖《つえ》が当たったままのそれには、さっきまで見当たらなかった小さな白い光が浮いていた。早まって水晶球を壊さなくてよかったと思う。

「ステラ・ミレジア、属性は光、階級は騎士《ナイト》階級ですわ」

少女を拘束していた青白い手が消える。

ステラは杖《つえ》を胸に引き寄せた。ドクドクとステラの心臓が早鐘を打っているのが伝わってくる。

俯《うつむ》くステラに、メルヴィア先生は小さく息をつく。

「一番低い騎士《ナイト》階級でも気落ちしないことですわ。平民や下級貴族が宿すのは大概、騎士《ナイト》階級。爵位のある、いわば大精霊を宿すのは、名門貴族と決まっているのですから」

それで慰めてるつもりなのか。

メルヴィア先生はもうステラに興味を失っているようだった。

「儀式は終わりましたわ。帰って結構ですわ」

「失礼します」

ぺこり、と頭を下げたステラは踵《きびす》を返《かえ》す。

ステラに抱えられた俺は、ふと気になって先生たちを見た。

水晶球を片付けるメルヴィア先生の傍《そば》で、エイルーナ先生はニコニコと満面の笑みでステラの背中を見送っていた。

「ああ無事に終わってよかったあ〰〰」

礼拝堂を出て少し歩いたところで、ステラは緊張の糸が切れたようにヘナヘナと草むらにしゃがみ込んだ。

「先生たちにオタクのことがバレるかと思ったわ……。第六の精霊なんて大仰な話になりそうになるし、本当に何もなくてよかった……」

「大丈夫か、ステラ？　歩けないなら俺の上に乗るか？」

俺は杖《つえ》だ。風の聖法《せいほう》でステラを乗せて飛ぶことだってできる。

ジロ、とステラは俺を見た。

「はあ？　授業でもないのに、あんたみたいな変態に乗るわけないじゃない。どうせ、いかがわしいことしか考えてないんでしょ」

「くううっ、容赦のないツン！　今日は朝からツイてるな」

「なんで罵ってるのに喜ぶのよ⁉　わたしはツイてないわ。オタクのせいで厄介なことになりそうだったんだからね！」

「そうだな。普通の精霊じゃなくてすまん」

「……」

木立から鳥の囀《さえず》りが聞こえてくる。

ステラは立ち上がり、杖《つえ》から顔を背けた。

「……なんであんたが謝るのよ。バッカじゃないの」

「人間の俺が杖《つえ》に宿ってることでステラに迷惑をかけているのは事実だからな」

「はっ、本当に迷惑よ。破廉恥なオタクが杖《つえ》にいるせいで、わたしは着替えのときもお風呂《ふろ》のときも寝てるときもずーっと気を付けなきゃいけないんだからね！」

「ステラはそんなに俺を意識していたのか……」

「ちっ、違っ……！　意識してるとかじゃないわよ！」

歩き出したステラは頑《かたく》なに俺のほうを向かない。

「……わ、わたしに迷惑かけてるんだから、せいぜい馬車馬みたいに死ぬまで働きなさいよね。勝手に先生に没収されたら許さないんだから」

「ああツンデレサイコ――――！」

なっ⁉　と彼女は声を上げた。真っ赤な顔で俺を睨《にら》んでくる。

「ななな何よ⁉　死ぬまで働けって言ったのに、なんで嬉《うれ》しそうなのよっ」

「一生ステラのために働けるんだろ？　嬉《うれ》しいに決まってるじゃないか！」

人間だったら拳を握って断言するところだ。

ステラは額を押さえている。

「うう、そうだったわ……オタクは変態なんだった……！」

「先生に没収されるなってのも、つまりは俺に傍《そば》にいてほしいってことだろ？　ヒュー、俺はずっとステラの傍《そば》にいるぞ！」

「か、勘違いしないで。そんなんじゃないってば！」

地団太を踏んだステラは腰に手を当てる。

「別に、わたしは特殊な精霊が宿ってるとバレたくないだけよ。オタクと離れたくないなんて少しも思ってないんだから。本当よ！」

(典型的なツンデレ構文なんだよなあ……)

ステラは相変わらず素直になれないツンデレだ。

だが、それがいい。デレてばかりの女の子なんて、大量の砂糖をまぶしたゼリー菓子みたいなものだ。俺には甘すぎて胃もたれしてしまう。

あんまりやりすぎると怒られそうなので、それ以上ツッコむのは止《や》めた。

「俺も儀式が無事に終わって安心したぞ。特殊な精霊って思われたら、ロクなことにならなそうだったからな」

大司教に送るだの、女神の審判だの、冗談ではない。

せっかく女神の妨害を乗り越えてステラが二年生に進級したのだ。俺の交渉の甲斐《かい》あって、ステラを殺そうとしていた女神は今、俺たちを放置してくれている。

（このままステラ殺害を諦めてくれれば、俺は何も言うことないんだが……）

神座で女神と対峙《たいじ》したときのことを思い出す。

女神はやけにステラに執着し、目の敵にしていた。すんなり引き下がるとは考えにくい。

「それにしても、エイルーナ先生は相変わらずドジだったわね。礼拝堂の絨毯《じゅうたん》をインクで汚すなんて」

「あれはただのドジだったのか……？」

え？ とステラがこっちを見る。

「エイルーナ先生がドジなのはいつものことじゃない。去年の授業であんたも知ってるでしょ？」

「……そうだったな」

最後に見たエイルーナ先生の笑顔が妙に引っかかる。

精霊じゃない俺に、階級や属性が本当にあるとは思えない。事実、水晶球には最初、何も浮かばなかったのだ。

光が現れたのはエイルーナ先生がインク瓶を落とした直後だ。瓶を割る音に紛れて先生がこっそり、光の聖法《せいほう》を唱えていたとしたら——？

（ステラの杖《つえ》に通常の精霊が宿っていないのを見透かして、俺たちを助けてくれたってことだよな……）

エイルーナ先生は最初からステラに好意的だった先生だ。ステラが何事もなく学園生活を送れるよう、儀式の結果を誤魔化してくれたのかもしれない。

ガランゴロン、と時計塔から鐘の音がする。

「ふわあっ、もうこんな時間⁉　急がないと始業時間に間に合わない……！」

パタパタと駆け出すステラ。校舎はやたら遠くに見える。

「乗るか？」

俺の提案に、ステラはうぅ、と唸《うな》った。

「しかたないわね、遅れるよりマシだわ」

杖《つえ》を掲げ、ステラは唱える。

「風の精霊よ、女神の名において翼を与えたまえ。《風よ、在れ《ウエナリア・ザイン》》！」

（風の精霊、俺たちを校舎まで連れていってくれ！）

木々がざわめき、俺たちの周囲に風が集まった。

杖《つえ》に横座りしたステラはふわりと青空に舞い上がる。俺の上にはステラの太腿《ふともも》があって、とても心地がよい。

「行くわよ、オタク」

「おう」

昇降口に向かって俺たちは飛び立った。

＊＊＊

校内ではさすがに飛行禁止だ。

廊下を歩いてステラが教室へ向かうと、とりわけ発育のよい少女が教室の前にいた。おっとりとした顔立ちに、肩で切り揃《そろ》えた控えめな色の髪。フィーナ・セルディア。ステラの唯一の友人で、ルームメートだ。

ステラを見つけるなり、彼女は子犬のように駆け寄ってくる。

「ステラさーん、先生からの呼び出しは何だったのですか？」

ほんわかした笑顔のフィーナに、ステラは疲れた顔で返す。

「儀式よ。守護精霊を調べるやつ」

「オタク様の階級がわかったのですね。公爵階級《デューク》、いえ、王階級《ロード》でしょうか？　先生たちもさぞびっくりして――」

「騎士階級《ナイト》」

ばっさりとステラが言い、フィーナが一瞬、呆《ほう》けた。

「へ。騎士階級《ナイト》って、それじゃあたしの精霊と同じです。そんなはずありません。だって、オタク様は言葉を喋《しゃべ》れる大精霊――むぐぐ」

ステラが慌ててフィーナの口を塞ぐ。

「大きな声を出さないで。わたしの精霊が特殊なのは秘密だって言ったでしょ」

「はわわ、そうでした……。でもおかしいです。オタク様が最下位の騎士《ナイト》階級だなんて、儀式が間違っていたとしか思えません」

フィーナは腑《ふ》に落ちない表情だ。

俺は廊下の人通りが少ないのを確認して口を挟んだ。

「まあ、そういうわけだ。これからはフィーナも俺に敬意を払うことなく、クソザコオタクとでも呼んでくれ」

「はい、クソザコオタク様」

「……やっぱオタクでいい」

俺の落胆した声に、フィーナは疑問符を頭に浮かべている。

(様付けされたらクソザコと煽《あお》られてる意味がないじゃないか……！)

「それよりフィーナ、なんで廊下に出てるのよ」

「そ、それはですね……教室に入りづらくて……」

ステラは教室を覗《のぞ》く。途端に、げえっ、と顔をしかめた。

「おーほっほっほ、礼儀正しい皆さんと同じクラスでわたくしも嬉《うれ》しいわ」

特徴的な高笑いをしているのはクインザだ。

ステラとは犬猿の仲で、煌《きら》びやかな扇子や高価なアクセサリーを身に着けていることから、俺は勝手に悪役令嬢と呼んでいる。

今日もばっちり赤髪をセットした悪役令嬢は、窓際《まどぎわ》の席で多くの生徒に囲まれていた。どうやらクラスメートたちはクインザに挨拶に行っているらしい。

「今年もまたクインザと同じクラス？　最悪だわ」

「はあ、また毎日クインザ様と同じ授業かと思うと、とても気が重いです……」

「大丈夫よ、フィーナ。わたしがいる以上、クインザに勝手なことはさせないから。ほら、気にしないで入るわよ」

ステラは先陣を切って教室に入る。身を竦《すく》めながらフィーナも後に続いた。

窓際《まどぎわ》はクインザたちが占領しているので、ステラたちは廊下側を取る。ちょうど二つ横並びに空いている席があって、二人はそこに腰かけた。

それを待っていたかのように刺々《とげとげ》しい声が投げられる。

「これでクラスメートは全員かしら？　まだわたくしに挨拶に来ていない生徒はいないわよねえ」

クインザは明らかにステラとフィーナに向けて言っている。

ステラがジロ、とクインザを見た。

「なんで友達でもないあんたに挨拶しないといけないのよ」

まあ、と周囲から顰蹙《ひんしゅく》の声が上がった。

「クインザ様に対して、なんて口の利《き》き方……」

「ステラさんは平民だからマナーを知らないんだわ」

ざわつく教室。

隣の席からフィーナがこそっと囁《ささや》いてくる。

「ス、ステラさん。新学年になったときは、クラスで一番身分の高い生徒に挨拶に行く慣例があるんです」

「何それ。わたしは知らないんだけど。生徒手帳に書いてる？」

「いえ、生徒手帳にはありませんが、そういう伝統があるらしくて……」

腰が低くて貴族っぽさはないが、フィーナも男爵家の令嬢だ。聖女学園の伝統とやらは一通り知っているのだろう。

クインザは扇子で煽《あお》ぎながらステラたちを眺めていた。

「何故《なぜ》わたくしに挨拶するか、ですって？　無知な平民に教えてあげるわ。それはわたくしがフランツベル家だからよ」

おーほっほっほ、と笑う悪役令嬢。

はあ、とステラは心底気のない声を洩《も》らした。

「フランツベルだから何？　よくわかんなかったわ」

「何ですって⁉」

「もしわたしに挨拶してほしいなら、あんたから挨拶しに来なさいよ。それでもわたしはあんたと仲良くしたくはないけどね」

言うだけ言って、ステラは顔を前に戻してしまう。

教室内が静まり返り、フィーナがあわあわしていた。

クインザがギッと歯軋《はぎし》りする。

「……嫌われステラ、相変わらず無礼で不快だわ。フランツベルの家名を蔑《ないがし》ろにしたばかりか、わたくしに挨拶に来いですって……⁉」

「聖女学園の慣例なんかわたしは知らないって言ってるの。それより、わたしはもう聖法《せいほう》を使えるわ。そのあだ名で呼ぶほうが失礼なんじゃないの」

「平民の分際でよくも――！」

ブチ切れたクインザが扇子を置き、杖《つえ》を取る。

「火の精霊よ、崇高なる女神の名の下に契約を果たしなさい。――《火よ、在れ《イグナリア・ザイン》》」

ゴウ、と炎が唸《うな》った。

外野のクラスメートたちが小さく悲鳴を上げる。

一抱えもある火球が悪役令嬢の傍《そば》に浮いていた。まるでクインザの怒りを体現しているみたいに火球はメラメラと燃えている。

クインザの聖法《せいほう》に、ステラも杖《つえ》を持って立ち上がる。

「あんた、教室の備品を燃やしたら、罰則《ペナルティ》になるってわかってやってるんでしょうね」

「心配しなくてもわたくしの聖法《せいほう》が焼くのはあなただけよ、聖法《せいほう》ド素人《しろうと》ステラ」

悪役令嬢は高々と杖《つえ》を掲げた。

「さあ、わたくしの火で消し炭になりなさい――！」

杖《つえ》が振り下ろされ、燃える火球がステラに迫る。

ステラが詠唱するべく口を開いたとき、

「――私の心は永遠《とわ》に凍え切った。《水よ、在れ《アクアリア・ザイン》》」

抑揚のない詠唱とともに、杖《つえ》を背負った青髪の少女が飛び込んできた。

彼女の手に一振りの氷の剣が現れる。聖法《せいほう》でできた剣だ。

剣が纏《まと》う白い冷気をなびかせ、少女は剣を一閃《いっせん》させた。

「っ⁉」

斬り上げたのはクインザの杖《つえ》。

クインザの手を離れた杖《つえ》は宙を舞い、カランカラン、と床に落ちた。

火球はぱっと消えていた。クインザが杖《つえ》を失ったことで聖法《せいほう》を維持できなくなったのだ。

「すごい剣捌《さば》き！　カッコいい……！」

ステラが青髪の少女の活躍に小さく歓声を上げる。

(何なんだ、この子は……？　ステラの味方か？)

辺りはシン、と静かになっていた。

クインザも周囲にいるクラスメートも皆、乱入してきた青髪の少女を凝視している。

氷の彫像のように透明感のある美しい少女だ。すらりとした高身長、大人びた顔つき。ステラたちと同じ制服を着ていなければ、先生と勘違いしたかもしれない。この場のヒリついた空気を物ともせず、彼女は氷の剣を片手に立っている。

最初に動いたのはクインザだった。

杖《つえ》を拾った彼女は青髪の少女に詰め寄る。

「あなた、自分が何をしたかわかっているんでしょうねえ？　何をもってわたくしと敵対したのか知らないけど――」

「そこ、私の席」

簡潔な一言。

青髪の少女はステラとクインザの間にある机を指さしていた。クインザの火球で一番被害が出そうだった机だ。既にカバンがかけられていて、彼女は一時的に席を外していたらしい。

……なるほど、そういうことか。

彼女は自分の席を守るためにクインザの杖《つえ》を弾《はじ》き、聖法《せいほう》を封じたのだ。ステラの肩を持ったわけではないらしい。

クインザもそれを悟ったのか、言葉を呑《の》み込む。

青髪の少女はそれ以上何も言うことなく、氷の剣を消すと席に着いた。カバンから古びた本を出して読み始める。

奇妙な沈黙が流れ、クインザがプルプルと震え出した。

「あ、あなたっ、わたくしの杖《つえ》を叩《たた》き落《お》としておきながら何の謝罪もないのかしら⁉」

この世界で杖《つえ》は、聖女の命とも言われる大事なものだ。

それを皆の前で弾《はじ》き飛《と》ばされ、クインザのプライドが許せるはずがない。

今やクインザの怒りの矛先はステラではなく、青髪の少女に向いていた。こめかみをヒクつかせた悪役令嬢は青髪の少女へ向かうと、バン、と彼女の机を叩《たた》く。

それでも彼女は本から目を離さない。

「名乗りなさい。わたくしはクインザ・フランツベルよ。わたくしに楯突《たてつ》くなんて、あなたはさぞかし立派な家柄なんでしょうね⁉」

ヒステリー気味に喚《わめ》くクインザ。

そこで青髪の少女は顔を上げた。感情の見えない、凍えた目でクインザを見返す。

「……アンリエッタ・ラズワルド」

ほとんど抑揚のない声だが、彼女は確かに姓を強調して言った。

ガタン、と誰かがイスを倒した音がした。取り乱した生徒が立ち上がったのだ。クラスメートたちの顔はどれも殺人鬼を見たみたいに慄《おのの》き、強張《こわば》っている。

「ラズワルド、ですって……？」

クインザもまた青ざめた顔で一歩、後退《あとずさ》っていた。まるで汚いものに触れたようにハンカチで手を拭うと、彼女はくるりと踵《きびす》を返《かえ》す。

それ以上何も言うことなく彼女は窓際《まどぎわ》へ戻った。

（悪役令嬢が黙って引き下がっただと……？　それにクラスメートの異様な反応、どういうことなんだ？）

アンリエッタはもう本に目を戻していた。クラスメートたちの恐々とした視線に気付いているはずだが、無表情を崩さない。なんてクールなんだ。

やがて授業を担当する先生が教室に入ってきて、クラスの妙な雰囲気はなんとか収拾がついた。

ふーむ……、と俺は心の中で唸《うな》る。

この世界にはまだまだ俺の知らない事情があるらしい。あとでステラに聞いてみよう、と思って俺はステラを見るが。

彼女だけはどういうわけか、アンリエッタをキラキラとした眼差《まなざ》しで見つめていた。

午前の授業が終わり、昼食の時間になった。

「「いっただきまーす」」

カフェテリアに面した中庭にあるベンチ。

日当たりのよい場所でステラとフィーナは声を揃《そろ》えた。

あーん、と大きく口を開けたステラがサンドイッチにかぶりつく。具材が大量に挟まって凄《すさ》まじい厚さになったサンドイッチだ。バイキング形式でステラがサンドイッチを作ったら、こうなっていた。

「ん～具は好きなだけ挟んでOKって、天国みたいなシステムだわ」

モグモグと口を動かしながら、ステラはしみじみと言う。

ちなみに今の俺も天国みたいな状況だ。美少女二人の間に挟まってベンチに立てかけられているのだ。杖《つえ》に転生して本当によかった。

「アントーサには名門貴族の令嬢たちもたくさん通っていますからね。食事が豪華なのは嬉《うれ》しいですよね」

そう言うフィーナが齧《かじ》っているサンドイッチに、ほとんど具材は挟まっていない。コンビニのサンドイッチ並みの薄さだ。

ステラもそれが気になったのか、眉を持ち上げる。

「豪華って、あんたのは全然豪華そうじゃないけど？」

「ステラの言う通りだ。野菜がほんの少ししか入ってないじゃないか。それでお腹《なか》いっぱいになるのか？」

「いいんです！」とフィーナは強く言い切った。

「実家に帰っていたとき、どうやら食べ過ぎたみたいです。二年生になったら制服の胸元がキツくなっていて、これではいけないと思っているところなのです……！」

マジか。

俺は思わずフィーナの胸元に着目する。確かにブラウスのボタンはいっぱいいっぱいで、今にも弾《はじ》け飛びそうだ。

ステラも戦慄して隣の双丘を見つめていた。

「な、こ、これ以上大きくなってどうするのよ……⁉」

「はい。ですので、食事を減らすところから始めようと思いまして」

そこでフィーナはステラをチラ、と窺《うかが》う。

「ステラさんは食事の量を気にしなくても大丈夫そうですね。好きなだけ食べられて羨ましいです」

「今、わたしの胸見なかった⁉」

「み、見てませんよ。体形を確認させていただいただけです」

「見てるじゃない。嫌味だわ、嫌味！」

「嫌味だなんてとんでもないです。あたしはずっと胸元がキツくて苦しい思いをしてきました。胸元が一度もキツくならない人生はきっと素晴らしいに違いありません！」

「だあああっ、それを嫌味って言うのよー！」

ステラはフィーナに摑《つか》みかかり、ガクガクと揺さぶっている。

仲が良《い》いのはいいことだ。尊いなあ、と思って二人を眺めていると、

「見て、アンリエッタよ。復学したって噂《うわさ》は本当だったのね」

「留年したからまだ二年生なんでしょ。同じ授業を受けなくてほっとするわ」

「やだわ、邪《よこしま》な血統のくせにどうして聖女学園にいるのかしら。どうにかして退学になってくれるといいのに」

上級生らしき生徒がヒソヒソ話しながらステラたちの脇を通り過ぎていく。

ステラも会話が聞こえたのか、フィーナを放して首を回した。

中庭の隅のベンチ。日陰になった場所でアンリエッタは一人、昼食を摂《と》っていた。片手にサンドイッチ、もう一方の手で本のページを繰っている。まさに孤高の美少女だ。

ステラは青髪の少女を見て、言う。

「うちのクラスのアンリエッタだわ」

「そうですね……」

「話しかけに行くわよ」

狙いを定めたみたいにキラっと瞳を光らせ、ステラがベンチから立ち上がる。

フィーナが慌てて彼女にしがみついた。

「ま、待ってください、ステラさん！　彼女に話しかけるって、何のために……？」

「決まってるじゃない。仲良くなるためよ！」

至極当然のように言うステラ。

けれど、フィーナはステラの腕を抱えたまま断固として動かない。

「あたしは反対です。こればかりは賛成できません……」

「フィーナがそこまで言うって珍しいわね。アンリエッタと知り合いなの？」

「向こうは元公爵令嬢ですよ⁉　あたしのような田舎の下級貴族と面識があるわけないじゃないですか。……ステラさんは怖くないのですか？」

「アンリエッタが？　なんで？」

「だって、アンリエッタさんは――『邪《よこしま》な血統』じゃないですか」

まるで言ってはいけないものを言うような口ぶりだ。

深刻な表情のフィーナに、ステラは肩を竦《すく》める。

「だからどうしたのよ。そんなの気にすること？」

「気にすることです！　ステラさんは邪《よこしま》な血統の恐ろしさを知らないのですか？」

「逆にどうしてそこまで怖がるのか不思議なくらいよ」

「だって、呪われてるんですよ⁉　魔法に関わったらどんな目に遭うか――」

「あー、話をぶった切ってすまない。その、『邪《よこしま》な血統』ってのは初耳なんだが、誰か俺に説明してくれないか？」

ステラとフィーナは議論を止《や》めて、俺を見る。

フィーナは首を傾《かし》げた。

「オタク様は邪《よこしま》な血統を知らないのですか？」

「この世界の常識がなくてすまんな」

「いえ……では、オタク様は特定の属性を代表する名家があるのはご存じでしょうか？　例えば火のフランツベル家、風のハミュエル家といったように――」

「ああ、だからクインザは朝、フランツベルだからって威張ってたんだな」

ピンときた俺に、フィーナは頷《うなず》く。

「その通りです。フランツベル家は火の一族と言われ、家長を始め、皆が階級の高い火の精霊を宿しているそうです。同じようにアンリエッタさんのラズワルド家は水の一族と言われていました。……数年前まで」

フィーナは声をひそめる。

「数年前、アンリエッタさんの父であるラズワルド公爵は魔法を使った罪で火刑になり、ラズワルド家は爵位と領地を剝奪されました。水の一族の栄誉も今はユーベルタ家に移っています。魔法に触れたラズワルド家は『邪《よこしま》な血統』と呼ばれ、皆から恐れられているのです」

「一つ質問があるんだが、いいか？」

「はいどうぞ」

「魔女は千年前に滅んだ、とされてるんだろ？　でもラズワルド公爵が魔法を使ったんだとしたら、ラズワルド公爵はいないはずの魔女だったのか？」

魔女ではなく魔法使いかもしれないが。

俺の疑問に答えたのはステラだった。

「魔女じゃなくても魔法を扱うことはできるわ」

「どうやって？」

「魔呪物があるでしょ。それには魔法が込められているのよ。使い方次第では魔法を発動させられるって聞いたことがあるわ」

「なるほど、それがあったか……」

魔獣を生み出す元になる魔呪物。千年前の魔女たちが遺《のこ》したとされるものだ。

「はあ。邪《よこしま》な血統なんて大仰な呼び方をされてるけど、要は身内に魔法を使った人がいたってだけでしょ。怖がることないと思うけど」

「ステラさん、魔法ですよ？　千年前に世界を捻《ね》じ曲《ま》げて文明を滅ぼした魔法なんですよ⁉」

「アンリエッタ本人が魔法を使ったわけじゃないわ。父親が魔法を使えたからって、彼女まで魔法を使うとは限らないでしょ。第一、彼女が本当に魔法を使うなら、とっくに捕まって処刑されてるわよ」

「それはそうですが……アンリエッタさんが危険なのは血筋だけじゃありません。去年、彼女はルームメートを刺して停学になったんです」

刺したとは穏やかではない。

ステラと俺は思わず顔を見合わせる。

「何が原因でそんなことになったんだ……？」

「アンリエッタさんがいきなり怒ったそうです」

それは原因とは言わない。いきなり怒る人間はいないから、おそらく何かがアンリエッタの逆鱗《げきりん》に触れたのだろう。

「刺された生徒はどうなったのよ？」

「さあ、そこまではあたしも……。でもあの氷の剣で刺されたら……想像しただけで身震いがします」

腕組みをしたステラは考え込むが、すぐに結論を出した。

「問題ないわね。アンリエッタと仲良くしない理由にはならないわ」

「ええー⁉　あたしの話ちゃんと聞いてました⁉」

　フィーナは完全に青ざめている。

「アンリエッタさんを怒らせたら、刺されてしまうかもしれないんですよ⁉　そんな危険な人と仲良くなれないですよ」

「そのときはフィーナが壁を出して守ってくれるでしょ」

「あ、あたしの聖法《せいほう》を頼りにしてくれるんですか……」

　嬉《うれ》しいのか、フィーナは頰に手を当てている。

「今朝は彼女がクインザの杖《つえ》を吹っ飛ばしてくれたおかげで助かったんだから。クインザも彼女には手を出せないみたいだし、仲良くしておいて損はないわ」

　どうやらアンリエッタと親しくなるのはステラの中で決定事項のようだ。

　中庭の隅に向かってずんずんと歩いていくステラに、フィーナは「はわわ」と不安そうにしながらも後ろからついていく。

　アンリエッタはまだベンチに座ったまま、食事と読書を行っていた。

　彼女の正面にステラが立つ。

「あんた今朝、わたしとクインザの争いに介入してきたでしょ。その件で言っておきたいことがあって来たの」

　いいぞ、と俺は思った。

とても自然な話しかけ方だ。この流れで今朝のお礼を言えば完璧である。

まだ本に目を落としたままのアンリエッタに、ステラは言い放つ。

「今後、手出しは無用よ。わたしは別に、助けてくれなんて言ってないんだからね！」

（出た、ツンデレ――!!）

俺は心の中で拍手喝采した。

……そうだった。ステラは人付き合いに関しては致命的に不器用なんだった。それが可愛《かわい》らしいのだけれど、彼女が独力で友人を作るのはほぼ不可能に近い。

「ななな何を言っているのですか、ステラさん⁉」

フィーナが卒倒しそうになりながらステラのローブを強く引っ張った。アンリエッタに背を向けた二人は小声でひそひそと話し合う。

「アンリエッタさんにお礼を言うのではなかったのですか？」

「お礼なら言ったわ」

「いつですか⁉　今の、あたしには喧嘩《けんか》を売ってるようにしか聞こえませんでしたけど」

「違うわよ。わたしは仲良くなろうと思って言ったんだから」

「……ツンデレとは好意のある相手にはとことん素直になれないものである。それを前提に先ほどのステラの台詞《せりふ》を読み解いてみよう。『今後、手出しは無用よ』は『また助けてほしい』が真意であり、『わたしは別に、助けてくれなんて言ってないんだからね！』は『助けてくれてありがとう』が──」

「解説しなくていいから！　早口ウザい！」

　作戦会議をしている少女二人は、そっと後ろを振り向いた。

　アンリエッタは変わらず本に集中している。時折、サンドイッチを口に運ぶだけだ。ステラたちを気に留めてもいない。

「……わたしの発言、聞いてなかった？　それとも無視してる？」

「いきなり本題に入ったのがお気に召さなかったのかもしれません。伝統ある貴族の方々は、当《あ》たり障《さわ》りのない話題から会話を始めるので」

「メンドくさっ。わたしは貴族の作法なんて知らないから、フィーナ、頼んだわよ」

「えええー⁉」

　ステラはフィーナの背中をぐいぐい押してアンリエッタの正面に立たせた。

「ご、ごごごきげんよう、アンリエッタさん」

　フィーナの声は緊張のために裏返り、表情は完全に引きつっていた。ちょっと可哀想《かわいそう》になってくる。

「きょ、今日は何の本を読まれているのですか？　とても年季の入った本ですね。もしかして魔法について書かれてたりして、あははははは──むぐっ」

　ステラに口を塞がれ、フィーナは後方に引っ張られた。

再び作戦会議に戻る。

「ちょっと！　さっきのどこが当《あ》たり障《さわ》りのない話題なのよ」

「読書をされていたので、そこから話に入るのは自然なことと思いました」

「だからって『魔法』は禁句でしょ。一番言っちゃいけない単語じゃない。煽《あお》ってるのかと思ったわ」

「煽《あお》るだなんてとんでもないです！　ステラさんはあたしにそんなことができると思っているのですか？」

これまで何度もステラを煽《あお》っていたと思ったのだが……。無自覚天然、恐るべし。

二人は再び、そっとアンリエッタを窺《うかが》った。彼女はまだ本から目を離さない。サンドイッチは食べ終わったようだ。

「上手《うま》くいかないわね。あの子、全然こっちを見ないわ」

「読書をするとのめり込んでしまうタイプなのでしょうか……？」

「じゃあ、俺からもアイデアをいいか？」

不器用ツンデレと無自覚天然に任せていても進展は見込めそうにない。俺は堪《たま》らず口を挟んだ。

「常套《じょうとう》手段だが、相手の持ち物を褒めるとかどうだ？　褒められて嫌な気持ちになる奴《やつ》はいないだろ？」

「一理あるわね」

「持ち物ですか？　やはり本でしょうか」

「本はさっき失敗したからやめよう。彼女の髪飾りはどうだろうか？」

アンリエッタはガラス細工のような透明な花を髪に挿している。華美すぎず、彼女の冷たい美貌によく似合う。

「いいわね。それでいきましょう」

「待ったステラ。照れずにちゃんと褒めるんだぞ」

「う……わ、わかってるわよ！」

「フィーナは余計な一言を付け加えないこと」

「はい、オタク様」

ステラとフィーナは再びアンリエッタの正面に立った。

三度目の正直。

ごくり、と唾を飲み込んだステラが口を開く。

「その髪飾り、とても綺麗《きれい》だわ。センスがいいのね」

「アンリエッタさんの青い髪によくお似合いです。どちらで購入されたのですか？」

二人とも完璧なトークだ。

これでアンリエッタが反応しないなら、それはもう二人のせいじゃない。

「……」

青髪の少女は無言で本のページを捲《めく》る。

（ダメだったか……）

どうやらアンリエッタはステラたちを無視すると決め込んでいるらしい。ここまで無反応を貫くとは、一体何が彼女をそうさせているのか。

「ねえ、無視することないじゃない。なんで何も言わないのよ」

トントンとステラは足で芝生を踏み鳴らした。

「そっちがその気なら、わたしにだって考えがあるわ。この強風の中、本を読めるものなら読んでみなさい。《風よ、在れ《ウエナリア・ザイン》》！」

実力行使は望ましくないが、ステラの要求ならしかたがない。本が読みにくい程度の風を出すか。

ステラの意図を悟った俺は風の精霊に呼びかけ――

「《水よ、在れ《アクアリア・ザイン》》」

「わわっ！」

いきなり目の前に氷の壁が現れ、ステラが尻もちをついた。すぐさま立ち上がったステラは氷の壁を回り込む。

「ちょっと、何するのよ！」

「聖法《せいほう》には聖法《せいほう》を返したまで」

アンリエッタは本を閉じていた。

冷ややかな視線がステラに注がれている。

「やっと話したわね。あんたっていつもこうやって人のこと無視してるわけ？」

「生徒と話す気はない」

「はあ？　お高く止まってるつもり？」

フィーナが後ろから「ステラさんっ、そんな言い方したらアンリエッタさんを怒らせちゃいますよ」と囁《ささや》いてくるが、ステラは腰に手を当てたままだ。

アンリエッタが小さく息をつく。

「今朝は誰も助けてない。私の席を守っただけ」

次いで彼女の目はフィーナを捉える。

「この本は高等聖法《せいほう》の指南書」

「たっ、大変失礼いたしましたっ！　刺さないでください……！」

「髪飾りは私が聖法《せいほう》で作ったもの」

言うなり、アンリエッタの髪飾りが動いた。

（ただの髪飾りじゃない……⁉）

パキパキと凍るような音を立てて、透明な花びらが一枚、二枚と増えていく。一輪だった花は瞬《またた》く間に増殖し、アンリエッタの頭部で花輪になった。

「嘘《うそ》でしょ!? それ、あんたの氷でできてたの!?」

「あたしの記憶が正しければ、その髪飾り、朝からずっと付いていたと思うのですが……？」

二人が驚愕《きょうがく》するのはもっともだ。

聖法《せいほう》はとにかく維持が難しい。聖法《せいほう》を発動している間、集中力を切らさずに完成形をイメージし続けないといけないのだ。

彼女は授業中も昼食中も、ずっと聖法《せいほう》を発動したままだったということになる。

「嘘《うそ》じゃない。これはラズワルド家に代々伝わる鍛錬方法。ラズワルドなら誰でもできる」

平然と言ったアンリエッタの頭で、氷の花は再び一輪に戻った。

常時、聖法《せいほう》を発動するなんて、とてつもない集中力とコントロールだ。水の一族の称号は失っても、その実力は十分にあるのだろう。

「訊《き》きたいことはこれで終わり？」

アンリエッタは長話をする気はないようだ。

再び本に目を落とした少女に、ステラが慌てる。

「待ちなさいよ！ まだ本題を言ってないわ。あんた、今の学年で一緒に授業受ける人いないんじゃない？」

「だから？」

「それなら！　あ、あんたがどーしてもって言うなら、わたしのグループに入れてあげてもいいのよ」

「断る」

即答だった。

なっ、とステラはアンリエッタに一歩詰め寄る。

「どうしてわたしたちの誘いを断るのよ。わたしの属性は光、フィーナの属性は土よ。みんなで協力すれば絶対にいい成績が取れるわ」

「足手纏《あしでまと》いはいらない」

「何ですって……⁉」

「聞こえなかった？　足手纏《あしでまと》い」

アンリエッタは淡々と毒を吐く。

「劣等生とグループになっても無駄。一人のほうがマシ」

「はああ⁉　あんたにわたしたちの何がわかるのよ⁉」

「さっきの風で程度は知れた」

「それは！　あんたのために手加減してやったのよ。そんなこともわかんないの？」

「無様な負け惜しみ」

「違うわよっ。あんた、性格悪いでしょ。そんなだから孤立するのよ」

「一人で結構」

「開き直ったわ……！　あんたみたいな毒舌女、あとでグループに入りたいとか言っても入れてあげないんだから！」

「それでいい」

（いかんな……）

売り言葉に買い言葉。ステラのツンとアンリエッタの毒舌が真っ向からぶつかり、事態をより悪化させている。

自分の台詞《せりふ》で自分の首を絞めたステラは「うぅ～」と唸《うな》った。

「わたしたちの誘いを断ったこと、絶対に後悔するわよ！　また留年しても知らないんだから――!?」

ステラが叫んだときだった。

アンリエッタが動く。

「――私の心は永遠《とわ》に凍え切った。《水よ、在れ《アクアリア・ザイン》》」

いつの間にか少女の手には氷の剣が握られていて、その切っ先はステラの喉元に据えられていた。

「っ……!?」

「ステラさん！」

動けないステラの後ろで、顔面蒼白《そうはく》のフィーナが叫ぶ。

(ステラを傷付けたら容赦しない……！)

俺もいつでも『神の力』を使えるよう臨戦態勢だ。

二人の周囲に漂う、敵意を孕《はら》んだ白い冷気。アンリエッタはステラに剣を突きつけたまま、低く問う。

「それは、今度はおまえが私を留年させるという意味か？」

「は……？」

ステラは上擦った声を出した。

「な、何言ってるのよ……わたしはあんたをグループに誘いに来ただけで……」

しどろもどろのステラ。

それをじっと見ていたアンリエッタは敵意を収めた。

「余計なお世話」

氷の剣がみるみるうちに消えていく。

「私の心は決して溶けない。仲間が欲しいなら他を当たって」

本を抱えたアンリエッタは謎めいた言葉を残し、踵《きびす》を返《かえ》す。彼女の頭で氷の花が揺れ、冷たい空気が遠ざかっていった。

彼女の背中を呆然《ぼうぜん》と見送っていたステラは、地団太を踏んで声を張り上げる。

「バーカ、バーカ、毒舌の冷血女！　あんたなんか、もう二度と話しかけてあげないんだからねー！」

フーフーと肩で息をするステラ。

フィーナが「お怪我《けが》はありませんでしたか？」と覗《のぞ》き込んでくる。ステラは頬を膨らませて腕を組んだ。

「あんな奴《やつ》、もう知らないわ」

「それがいいと思います」

＊＊＊

「はーい、これで今日の授業は終わりでーす。皆さん、課題のレポートは次の授業までです。忘れないでくださいねー」

エイルーナ先生の号令で皆がバタバタと帰り支度を始めた。

空が分厚い黒雲に覆われているせいだろう。普段なら悠長にお喋《しゃべ》りを楽しむクラスメートたちも、雨が降る前に寮へ戻りたいのか、片付けに専念している。

エイルーナ先生はローブの裾をずるずると引きずって教室を出ようとするが、

「あっ、忘れるところでした。今日の放課後には聖法《せいほう》競技会の予選があります」

その一言で教室全体がピリっとする。

（聖法《せいほう》競技会……？）

俺は初めて聞く単語だ。生徒は皆、わかっているのか、質問する人はいない。

「出場希望者は校庭に集合してくださいね。二年生はメルヴィア先生が選考テストをするそうです」

それだけ言ってエイルーナ先生はいなくなってしまう。

ガタガタッ、と窓際《まどぎわ》のほうから席を立つ音がした。

クインザたちだ。いつもの取り巻き二人を従えた悪役令嬢は、決然とした表情で教室を出て行く。

それを横目で見送ったステラは勢いよく立ち上がった。

「フィーナ！」

「は、はい⁉」とフィーナはステラを見る。

「わたしたちも校庭に行くわよ」

「選考会を見学するのですね」

「違うわよ。選考に参加するのよ！」

「ええーっ⁉」

フィーナは今にもひっくり返りそうなリアクションだ。

「ほ、本気ですか、ステラさん……？」

「本気に決まってるでしょ。帰り支度なんて後でいいから。ほら、行くわよ」

フィーナのローブを摑《つか》んだステラは強引に引っ張る。

「はわわっ、ま、待ってください、ステラさん……！」

廊下に出たところで俺は小声で訊《き》いた。

「聖法《せいほう》競技会って何だ？」

「毎年、学園を挙げて行われる一大イベントよ。選ばれた生徒同士が聖法《せいほう》による模擬戦をトーナメント形式で行うの」

「当日は保護者も試合を見に来て、ものすごく盛り上がるんですよ」

「去年は聖法《せいほう》が使えなかったからスタートラインにすら立てなかったわ。蚊帳《かや》の外のイベントなんて、つまらないに決まってるじゃない」

ステラはぎゅっと杖《つえ》を握る。彼女の掌《てのひら》の熱をダイレクトに感じて、俺は悟った。

（よほど悔しい思いをしたんだろうな……）

「その選手に選ばれると成績に加点されるのか？」

「聖法《せいほう》競技会は成績には影響しないわ」

「ほう。なら、何故《なぜ》……？」

「聖法《せいほう》競技会の優勝グループには〈女神の杖《オプティ・バクルス》〉への推薦状がもらえるのよ！」

〈女神の杖《オプティ・バクルス》〉――国内最強と言われる、国軍第一聖女部隊。ステラはそこに入るのが夢なのだ。彼女が張り切っているのも納得である。

「そういうことなら優勝するしかないいな」

「よくわかってるじゃない、オタク」

俺たちが会話する横でフィーナだけが戸惑っている。

「優勝……？　ステラさん、まさか聖法《せいほう》競技会で優勝するつもりなのですか？　さすがに無茶だと思います。優勝はいつも六年生じゃないですか」

「かつて一年生が優勝した事例もあるでしょ。フィーナ、知らないの？」

「知ってますけど、それ、今の〈女神の杖《オプティ・バクルス》〉隊長のハミュエル様の話ですよね……。精霊王がいればそういうこともあるかもしれませんが、騎士《ナイト》階級の精霊だけでは――」

「クソザコオタクじゃ優勝は無理なのか？」

「い、いえ、決してオタク様の実力を軽んじてるわけではなくてですね……！」

話しているうちに校庭に着いた。

今にも雨が降り出しそうな、どんよりとした空だ。

この世界はとことん女神への信仰が根付いているらしい。校庭にも、生徒たちを見守るように白い女神像が建てられている。クインザ他、選考テストに参加する生徒たちは女神像の足元に集まっていた。

ステラたちもそこに近付く。

クインザが目ざとくステラたちに気付き、鼻を鳴らした。

「おーほっほっほ、選考テストの見学なら校庭の外でするのね」

「はあ、見学じゃなくて参加よ。この返し、二度目なんだけど」

クインザが一瞬、呆《ほう》ける。

次いで彼女は大笑いを始めた。

「聖法《せいほう》ド素人《しろうと》の平民が競技会に出るですって？　こんな可笑《おか》しいことがあるかしら。冗談でしょう？」

クインザの声に反応して、他の生徒がチラチラとステラを窺《うかが》い始める。

聖法《せいほう》が使えず「嫌われステラ」と呼ばれていたのはもう過去のことだ。俺が杖《つえ》に宿ってからはステラは授業中にドラゴンを創ったりして、すごい聖法《せいほう》が使えるという認識が全校生徒に広まっている。

チラチラとこっちを見てくるのも、ステラを嘲笑《あざわら》っているのではなく、選考テストのライバルとしてステラを警戒してるのだ。

「冗談かどうかはテストを受けてみればわかるわ」

強気にステラが返したとき、メルヴィア先生がやってきた。

「あら～皆さん、集まっていますわね」

全員が口を噤《つぐ》み、先生のほうを見る。

「一、二、三……合計七組かしら、今年の出場希望者は」

メルヴィア先生はグループを数えて言った。

「例年通り、聖法《せいほう》競技会の二年生の出場枠は二組だけですわ。なので、これから選考テストを行いますわ。天気もあまりよくないことですし、早く始めてしまいましょう」

女神像を背にして立つと、先生は杖《つえ》を掲げる。

「世界に満ちる精霊たちよ、女神と契約を交わした者たちよ。水は血に、土は肉に、火は熱に、風は息吹《いぶき》に、光は叡智《えいち》に。《水よ、在れ《アクアリア・ザイン》》《土よ、在れ《テラリア・ザイン》》――」

始まった、高等聖法《せいほう》の詠唱。

生徒たちが一斉に身構える。

「これは……疑似生物創生術の祝詞《のりと》だわ！」

いち早く気付いたステラがフィーナに囁《ささや》いた。

「何の生き物が創られるのでしょう。鉄壁で防げるといいのですが……」

「それは祈るしかないわね」

ステラとフィーナが会話をしている間に、メルヴィア先生の周囲にはピンポン玉くらいの土の塊が浮遊し始める。水滴や光球が大気から染《し》み出《で》るように現れ、土の塊と合体していく。

……何度見ても、聖法《せいほう》が発動する様は不思議な感じだ。

「その翅《はね》は風を切り、その顎は肉を絶ち、その針は死を齎《もたら》す。――羽化しなさい、女王の軍勢たちよ！」

高らかに響いたメルヴィア先生の詠唱。

土の塊が生命を得たように蠢《うごめ》き、一瞬後には無数の生き物となった。

すなわち、蜂に。

耳障《みみざわ》りな羽音、危機感をもたらす黒と黄の縞《しま》模様、妙に大きく見える凶悪な針。

一部の生徒たちから悲鳴が上がった。

「いやああっ……！」

「ひっ、蜂がたくさん……！」

生徒たちが狼狽《うろた》える一方、大量の蜂を纏《まと》っているメルヴィア先生は妖艶《ようえん》に微笑《ほほえ》んでいた。先生は羽音に負けない声を出す。

「選考テストはこの毒蜂をどれだけ多く倒せるか、ですわ。倒した数が多い上位二組に出場権利が与えられますわ」

「毒、蜂……？」

生徒の一人が掠《かす》れた声で質問する。

「あら～、蜂なんですから毒があって当然ですわ。刺されたら数日間身体《からだ》が痺《しび》れて動けなくので、皆さん気を付けてくださいね～」

(なんでそんなヤバい蜂を創ってんだよ……！)

戦慄する生徒たちを置いて、説明はここまで、と先生は両腕を広げる。

「さあ、選考テスト、スタートですわ！」

ブブブ、と耳障《みみざわ》りな蜂の羽音が響く。

先生の元を離れ、毒蜂は校庭中に飛び立った。

「火の精霊よ、我が敵を焼き尽くす炎を熾《おこ》せ。《火よ、在れ《イグナリア・ザイン》》！」

「土の精霊よ、我が敵を撃ち抜く石を此《こ》の手に。《土よ、在れ《テラリア・ザイン》》！」

あちらこちらで生徒たちが詠唱を始める。

それに紛れ、俺は小声で囁《ささや》いた。

「ステラ、どの聖法《せいほう》を使う⁉」

「いつものでいくわ。フィーナは鉄壁で蜂を叩《たた》き潰して！」

「はい！」

「火の精霊よ、我が敵を焼き尽くす炎を熾《おこ》せ。《火よ、在れ《イグナリア・ザイン》》！」

確かにいつものだ。俺は大気中にいる精霊に呼びかける。

(火の精霊、ありったけの火球を頼むぞー！)

イメージするのは流星群のように降り注ぐ火の玉。俺の呼びかけに応え、いくつもの火球が校庭の一角に着弾する。

「やったわ！」

ステラが歓声を上げる。

しかし、火球が降った後の地面に蜂の死骸はない。すべて躱《かわ》されたのだ。

周囲の生徒たちを見ると、皆ステラと同じ反応をしていた。蜂に攻撃が当たらないのだ。

「どうしましょう、ステラさん。この蜂、すばしっこくて全然当たらないです……！」

鉄壁を作っては落としているフィーナも音を上げている。

突如、ドオオンッと爆発音がした。

（何だ、あれは……？）

校庭の中央には火山が噴火したみたいに炎の柱ができていた。メラメラと燃える炎は高々と上がり、天を焦がすようだ。

ステラもフィーナも絶句する中、炎の柱はすぐに収まり、クインザと取り巻きたちの姿が現れる。

「水が足りなくってよ、わたくしの炎はもっと大きくなるはずなのに」

「すみません、クインザ様」

「風もわたくしにタイミングを合わせなさい。もっと広範囲まで燃やすのよ！」

「了解……」

クインザたち三人は杖《つえ》を掲げると、同時に別々の祝詞《のりと》を唱え始める。

「それは劫火《ごうか》。生きとし生ける者をすべて呑《の》み込んだ。《火よ、在れ《イグナリア・ザイン》》！」

「救世主には聖なる香油が注がれた。《水よ、在れ《アクアリア・ザイン》》！」

「女神の風は灰塵《かいじん》を吹き散らし、息吹《いぶき》を与える。《風よ、在れ《ウエナリア・ザイン》》！」

再び轟音《ごうおん》がした。

炎が渦を巻き、燃え盛る竜巻となって校庭を蹂躙《じゅうりん》する。それに蜂の群れが呑《の》まれていくのが見えた。

だが次の瞬間、校庭には高波が襲いかかった。

ザアアアと高波が横から迫っているのを認め、ステラは慌てて唱える。

「うわわわ、《風よ、在れ《ウエナリア・ザイン》》！」

ステラの意図を汲《く》み、俺は風の精霊に呼びかけた。ステラとフィーナは風で宙に浮き、難を逃れる。

「な、何なのよ、他の生徒まで巻き込む聖法《せいほう》を使うなんて――」

「見てください、ステラさん……！　あれが今の水の一族、ユーベルタ家の聖法《せいほう》ですよ」

フィーナが指さした先には、高波の上に立つ少女たちがいた。信じがたい光景だが、校庭の片隅は完全に水で埋まっている。彼女たちが何かを唱える度に高波が発生して、次々と蜂の群れを取り込んでいくのが見えた。

「……は？」

ステラの掠《かす》れた声がした。

「待ってよ……まだわたしは一匹も倒せてないのに……！　——それは劫火《ごうか》。生きとし生ける者をすべて呑《の》み込んだ。《火よ、在れ《イグナリア・ザイン》》！」

焦《あせ》ったステラがクインザと同じ詠唱を口にする。

（火の精霊、炎の竜巻を作ってくれ！）

俺は火の精霊に呼びかける。

しかし、ステラの前に現れたのは小さな焚火《たきび》だった。俺がイメージしたものと違う。どうしてこうなったのか。何かが根本的に間違っているというのか。

ステラの焚火《たきび》はクインザの竜巻のように蜂を呑《の》むことはなく、ユーベルタ家の高波に触れて一瞬で消えた。

無惨《むざん》な結果にステラが首を振る。

「嘘《うそ》でしょ……なんでわたしが出す聖法《せいほう》と、クインザたちのがこんなに違うのよ……！」

「あら～、さすがは名門、フランツベル家とユーベルタ家ですわ。合同詠唱を使いこなし、これだけハイペースで得点を上げるとは家名に恥じない腕前ですわね」

メルヴィア先生は愉《たの》しそうに言って杖《つえ》を回す。

「ほらほら、他のグループも頑張らないと、今年もあの二組に決まってしまいますわよ」

先生の声に反応して、ブン、と蜂の群れが方向を変える。蜂たちは空中にいるステラとフィーナに襲いかかった。

「くっ……！」

「きゃあっ」

二人とも蜂から逃れようとして、バランスを崩す。

マズい、と俺は咄嗟《とっさ》に高度を落とした。なんとか二人は地面に降り立つ。

「ステラさん……！」

フィーナが手を伸ばしてステラの腕を摑《つか》んだ。引き寄せると同時に彼女は唱える。

「鉄壁です、《土よ、在れ《テラ・リア・ザイン》》！」

二人の周囲と頭上に鉄の壁が現れる。

狭い壁の中でステラとフィーナは向かい合った。

「フィーナ!?　何してるのよ？」

「これで安心です。ここにいれば蜂に刺されることはありません」

暗闇でもフィーナが微笑《ほほえ》んでいるのがわかる。

だがステラはイラついた声を上げた。

「ダメよ、こんなとこに閉じこもってたらダメに決まってるでしょ!?　選考テストはどうなるのよ！」

「ステラさん……あの蜂、倒せますか？」

「倒せる、倒せないの問題じゃないわ。倒すのよ！」

「……」

フィーナが逡巡《しゅんじゅん》している気配がする。

「とにかく、わたしをここから出して。あんたはここに隠れてていいから」

一呼吸置いて、壁が一枚、なくなった。

そこからステラは出て、校庭に立つ。

校庭は左半分が高波によって呑《の》まれ、右半分が炎の竜巻で焦土となっていた。高波の飛沫《しぶき》がステラの頬を濡《ぬ》らし、熱風が彼女の銀髪をはためかせる。天変地異が起きているみたいな異様な情景を前に、少女は立ち尽くす。

「――」

フィーナが逡巡《しゅんじゅん》した理由は俺にもわかる。

選考テストの結果はもう、誰が見ても明らかなのだ。

今からステラが精一杯の聖法《せいほう》を発動したとして、この状況を覆《くつがえ》せるとは思えない。

「ステラ……」

俺は彼女を慰めようと思って言った。

「聖法《せいほう》競技会は毎年あるんだろ。また来年――」

「来年、わたしが選ばれる保証ある？」

闘志に満ちた声。

俺は思わず言葉を呑《の》み込んでいた。

「ないでしょ。ないのよ。また来年なんて言ってたら、どんどんクインザたちと実力が離れていっちゃう。わたしは聖法競技会《せいほう》で優勝しないといけないのに……！」

ステラはまだ諦めていなかった。圧倒的な聖法《せいほう》を前にしても、まだ彼女は自身の勝利を模索している。

「今からあんたに有名な奇蹟《きせき》を教えてあげる」

「奇蹟《きせき》……？」

「〈猛毒〉の魔女ウェスタが魔呪物をバラ撒《ま》いたことで、ある国は魔獣だらけになった。魔獣が魔獣を呼び、天災に匹敵する第十魔獣も現れ、人々はもうダメかと思った」

千年以上前の話だ。おそらく聖典に書かれているのだろう。

「そのとき、女神様が降臨して《光よ、在れ《ルクサリア・ザイン》》と唱えたの。天から降り注いだ眩《まばゆ》い光。聖なる光を浴びた魔獣たちは一瞬で息絶え、その国は救われた」

「まるでおとぎ話みたいだな」

「おとぎ話じゃないわよ。実際にあった奇蹟《きせき》なの」

校庭を指さし、ステラは告げる。

「今からわたしたちはその奇蹟《きせき》を再現する」

ゴロゴロと空から低い唸《うな》り声がした。雷だ。天気はいよいよ崩れてきたらしい。

「……できるのか？」

「これ以外、残っている蜂を瞬殺できる聖法《せいほう》を知らないわ。あんたも光属性なんだから発動しやすいでしょ」

ステラなりに俺の得意な属性で考えてくれたらしい。

祝詞《のりと》をいきなり唱えるのではなく、奇蹟《きせき》の内容を語って聞かせたのも俺が情景をイメージしやすいようにだ。

だが――、と俺は思う。

魔獣を瞬殺する光なんて出せるのだろうか。今まで俺は、そんな聖法《せいほう》を発動させたことはないのに。

「……成功させるのよ。じゃないと、わたしは聖法《せいほう》競技会に参加できない……絶対に〈女神の杖《オプテイ・バクルス》〉に入るんだから……」

ぶつぶつと呟《つぶや》くステラ。その手の震えはダイレクトに俺に伝わってくる。

ぶっつけ本番で行う、大がかりな聖法《せいほう》だ。成功する保証はない。

それでも少女は切実な表情で杖《つえ》を真っ黒い空に掲げた。

「お願い、奇蹟《きせき》を起こして。《光よ、在れ《ルクサリア・ザイン》》――！」

ピカッ、と空に光球が生まれた。

降り注ぐ光が校庭全体を照らし出す。

しかしそれだけだった。

光球は春の麗《うら》らかな陽射《ひざ》しのごとく穏やかな光を放つだけで、毒蜂を焼くことはない。

(聞こえるか、光の精霊！　そのまま、その光で毒蜂を殺してくれ！　聖典にもそんな話があるんだろー!?　ツンデレ少女のためなんだ。頼む、俺の願いを叶《かな》えてくれー！)

俺が呼びかけても、光は戸惑ったように明滅するだけだ。

っ、とステラが顔を歪《ゆが》めた。

「……奇蹟《きせき》は、起こらないの……？」

失意に染まった声。

ポツ、ポツ、と大粒の雨が降り始めた。

雨粒は少女の頬を濡《ぬ》らし、顎を伝って落ちていく。

「すまん、ステラ……力不足ですまん……」

ステラの表情に心がキリキリと痛む。

今すぐ土下座して詫《わ》びたい衝動に駆られた。推しの期待に応えられないなんて、やはり俺はクソザコオタクだ。自分の不甲斐《ふがい》なさが悔しくて堪《たま》らない。

雨の中、絶望したステラは杖《つえ》を下ろした。

そのときだった。

まだ空にある光球がバチバチッと音を立てる。

(何だ……？)

俺が見上げた瞬間、
光球が弾けて眩《まばゆ》い閃光《せんこう》が走った。

次いで、ド————ン、と大砲が着弾したみたいな衝撃音。あまりの爆音に、息が詰まったような錯覚を覚える。聴覚が麻痺《まひ》したのか他の音が入ってこない。

「……テストはここまでですわ！」

辛《かろ》うじて復活した聴覚で、メルヴィア先生の声が聞き取れた。

さっきの衝撃音にびっくりして生徒たちは皆、立《た》ち竦《すく》んでいた。ステラも耳を押さえて固まっている。

炎の竜巻も高波もたちどころに消え、生徒たちは先生の元に集まった。

「皆さん、選考テストお疲れさまでしたわ。これより今年の聖法《せいほう》競技会の出場グループを発表しますわ」

固唾《の》を呑む生徒たち。

少女たちを見渡し、メルヴィア先生は告げる。

「第一位で通過したのは——ステラ・ミレジアのグループですわ」

一瞬、何を言われたのかわからなかった。

激しい雨が辺りを打つ音がして、ようやく自分の名前を呼ばれたことに気付いたステラが素っ頓狂な声を出す。

「わ、わたしっ——⁉」

はい、とメルヴィア先生は重々しく頷《うなず》いた。

「テストの最後、ステラさんは光の聖法《せいほう》で雷を作り、残っていた毒蜂を一匹残らず倒しましたわ。その技量は平民といえども称賛に値しますわ」

パチパチと拍手するメルヴィア先生。

(待ってくれ。ステラが雷を作って蜂を倒した、だって……⁉)

先生が言った雷とは、さっきの衝撃音のことだろう。だけど、あれを発動した自覚は俺にはない。

先生！　とクインザが勢いよく挙手した。

「ステラが聖法《せいほう》で雷を作っただなんて信じられません！　何かの間違いではないでしょうか⁉」

「あら〜、でもあのとき光の聖法《せいほう》を使っていたのはステラさんだけでしたわ。自然現象の雷であれば、校庭に散らばっていた毒蜂がすべて息絶えた理由に説明がつきませんもの。いくらステラさんが平民とはいえ、高度な聖法《せいほう》を扱えないと決めつけるのはよくありませんわ」

諫《いさ》められたクインザが、くっ、と拳を握る。

（どういうことだ……？　ステラの聖法《せいほう》の発動には俺のイメージが必須だ。俺が自覚していない以上、あの雷はステラの聖法《せいほう》じゃない。もし他の生徒が発動したなら自分がやったと今、名乗り出るはず。ステラでも他の生徒でもないなら、あの雷は一体、誰が――？）

「いやったあああ――っ！」

歓声を上げてステラは飛び上がった。杖《つえ》を掲げ、くるくると回る。キラキラした笑顔に俺の思考は吹っ飛んでいた。

「ステラさん、すごいです……！」

フィーナも駆け寄ってきて二人は勝利を喜んでいる。

コホン、と咳払《せきばら》いをしてメルヴィア先生は続けた。

「第二位で通過したのはクインザ・フランツベルのグループですわ」

クインザの名前を聞いた途端、ステラたちは静かになる。

悪役令嬢は不服そうな顔で扇を口元に当てていた。選考を通過したのに、まったく嬉《うれ》しそうではない。

「二組とも本番に向けて頑張ってくださいね。それでは」と言い残し、先生は飛び立った。他の生徒たちも雨から逃げるように校庭を去っていく。

「絶対、誤審だわ」

クインザはわざわざステラに近付いてきて、言った。

「わたくしの火が平民に負けるはずがない。今回の結果は偶然よ。二度目は起こらない」

悪役令嬢は苛烈な瞳でステラとフィーナを睨《にら》みつける。

「聖法《せいほう》競技会ではわたくしの力を見せつけてやるわ。覚悟なさい」

捨《す》て台詞《ぜりふ》を吐き、悪役令嬢は取り巻きとともに去っていった。

ステラは黙ってそれを見送る。すぐに彼女の顔には抑えきれない笑みが浮かんだ。

「やったわよ、フィーナ。夢の聖法《せいほう》競技会に出られるわ」

「おめでとうございます！　ステラさんの活躍、楽しみです……！」

「何第三者みたいなコメントしてるのよ。あんたも一緒に出るんだからね」

「はわわっ、あたしなんかが聖法《せいほう》競技会に……⁉　どうしましょう、今から緊張でお腹《なか》が痛くなってきました……」

「早すぎるわよ」

ワイワイ言いながら、浮かれた二人は校舎へ戻っていく。

俺は雷が起こった場所——無人の校庭を改めて見た。

降りしきる雨の中、白い女神像は微笑《ほほえ》んで校庭を見下ろしている。

（……まさか、な……）

女神はステラを殺そうとするくらいだ。聖法《せいほう》競技会出場の後押しを、ステラが喜ぶようなことをするはずがない。

ステラはとにかく選手になったのが嬉《うれ》しいらしく、とびきりの笑顔だ。

……優先順位を間違えちゃいけない。

オタクは推しの笑顔を守るものだ。あの雷が誰の仕業であれ、今はステラの夢が一歩近付いたのをともに喜んでおこう。

二章　私の心は決して溶けない、とアンリエッタは言った。

選考テストから数日後。

聖法《せいほう》競技会のトーナメント表が校内に掲示された。

「やっぱりこうなるわよね……」

掲示板を見たステラはそれだけ言って、さっさと離れていく。

俺はこそっと訊《き》いた。

「こうなるって？」

「初戦の相手はクインザってことよ」

わかりきってたけどね、とステラはため息交じりだ。

「一年生から四年生までは各学年二組まで、五、六年生は四組まで出場できるんですよね。初戦は実力差の少ない同学年で行うのが通例です」

ステラの隣を歩くフィーナが詳しく教えてくれる。

「クインザと戦うのに、わたしたちには足りないものがあるわ」

「わかります、胃薬ですよね！　緊張してお腹《なか》が痛くなるのは避けたいですもんね」

「違うわよっ。わたしたちに足りないのは、水！　水属性が圧倒的に足りないのよ！」

放課後の校舎にはまだ生徒が残っている。ステラの大声に何人かがこっちを振り向いた。

一段、ボリュームを落としてステラは言う。

「去年の聖法《せいほう》競技会もそうだったけど、クインザが火の聖法《せいほう》を使ってくるのは間違いないわ。彼女の火を食い止めるにはそれなりの水の聖法《せいほう》が必要よ。でも、わたしたちに水が得意なメンバーはいない。これは大問題よ！」

「ですが、選考テストでステラさんはクインザ様を打ち負かしたんですよね……？　また聖法《せいほう》で雷を出せば——」

「……あんなの、ただのラッキーに決まってるでしょ」

吐き捨てるようにステラは言った。

選考テストがあった日の夜、ステラが自室の女神のレリーフに向かって「女神様、雷を落としてくださり、ありがとうございます」とこっそり感謝の祈りを捧《ささ》げるのを俺は見ていた。敬《けい》虔《けん》なステラらしい。あの雷が自分の実力とはステラも思っていないのだ。

選考テスト直後こそ選手になって浮かれていたが、だんだんとステラも不安になってきたようだ。

「とにかく、クインザに勝ちたいなら水属性が必須なの。火を消すには水って決まってるんだから」

「確かに敵はほのおタイプなのに、手持ちにみずタイプがいないのは痛いな」

「オタク、あんたほんとにわかってるの？」

「たぶん理解は合ってるはず」

うーん、とフィーナは考え込んでいる。

「言われてみれば、クインザ様は去年、ユーベルタ家のグループと戦い、一回戦で敗退しています。やはり水とは相性が悪いみたいです」

「そういやフィーナは去年、クインザと同室だったんだろ？　一緒に聖法《せいほう》競技会に出たんじゃないのか？」

「それがですね……聖法《せいほう》競技会の選手グループには人数制限がありまして、一グループ三人までなのです。ですから、あたしは観戦席で待機でした」

ちょっぴり残念そうに言うフィーナ。彼女も聖法《せいほう》競技会に挑戦してみたい気持ちはあったようだ。

「そう。グループは三人までなのよ」

ステラはトントンと足を踏み鳴らした。

「つまり、わたしたちはあと一人、メンバーを増やすことができる。水の大精霊を宿す二年生を入れることができるのよ！」

名案を思いついたようにステラの顔は輝いている。

「選考テスト後にメンバーを変更しても大丈夫なのか？」

「大丈夫に決まってるでしょ。選考テストは上位二組を決めるものなのよ。メンバーを追加してさらに強くなる分には文句ないでしょ」

「道理には適《かな》ってるな」

「そうと決まったら行くわよ」

「へ？　どこにですか？」

「水の大精霊の勧誘によ！」

　ステラはフィーナを引っ張り、寮へ一直線に駆け出した。


「お断りさせていただきます」

　三つ編みに分厚い眼鏡をかけた生真面目そうな少女、ジェリア・ユーベルタはきっぱりとそう言った。

　え？　とステラは呆《ほう》ける。

　ステラが向かったのは、選考テストで高波を出していた生徒の部屋だった。ユーベルタ――現在、水の一族と言われている家系である。

　まさか断られると思っていなかったのか、ステラが慌てる。

「な、なんでよ⁉　わたしたちのグループに入れば、聖法《せいほう》競技会に出られるのよ？　どうして断るのよ」

「もちろん、名誉ある聖法《せいほう》競技会に出場したいのは山々です。ですが、なりふり構わず出場すればいいものではありません」

「なりふり構わず……？」

意味がわからない様子のステラに、ジェリアはむっと眉を寄せる。

「ユーベルタ侯爵家のわたしに求められているのはチームを指揮して水を繰り、勝利をこの手で摑《つか》むことです。家名を背負わない平民の下で、ちまちまと補助的な水を出して援護することではありません！」

ステラが絶句した。

大声を出したのが気まずかったのか、ジェリアは眼鏡を押さえる。

「どうか気を悪くなさらないでください、ステラさん。あなたの実力は一年のときから聞いています。聖法《せいほう》を使い始めて数日で生物創生の高等聖法《せいほう》を成功させたのは、とても平民とは思えない快挙です。たくさんの生徒があなたをお茶会やら何やらに勧誘したのも頷《うなず》けます。皆、実力のある手駒はほしいですから」

どうやらアントーサは俺やステラが思っている以上に貴族主義らしい。

平民のステラを自分のチームメートにするならよいが、ステラがリーダーのグループに入る気はないとジェリアは言っているのだ。

「聖法《せいほう》競技会でステラさんの実力が発揮されるよう、お祈りしております」

バタンッ、と部屋のドアが乱暴に閉じられた。

ステラもフィーナもしばし立ち尽くす。

「なんだかトゲトゲされていましたね……」

「わたしに今年の出場枠を取られて悔しかったんでしょ」

ため息をついたステラはジェリアの部屋を離れた。

トボトボと寮の廊下を進む。

「ユーベルタのあの子が入ってくれればクインザには勝てると思ったんだけど、当てが外れたわね……。聖法《せいほう》競技会出場より体面を優先するとは思わなかったわ」

「伝統ある貴族の方々ですから……。ユーベルタ家は特に、水の一族になったばかりなので、他の家に見くびられないよう必死なのかもしれません」

「あーやだやだ。身分を気にしない、水の大精霊を宿している生徒がどっかに転がってないかしら」

談話室の前を通りかかったときだった。

「二番手で通過しただと!?　フランツベル家の者が二番手で許されると思っているのか！」

すごい剣幕の怒声が室内から聞こえてきた。

ステラもフィーナも思わず足を止めて、談話室を覗《のぞ》く。

中にいたのは、直立不動で顔を強張《こわば》らせるクインザ。それと、縦にも横にも大きい中年男性のホログラムだった。俺は息を呑《の》む。

「クインザはホログラムと話してるのか⁉」

「ほろ……？」

「透けた人間だ。クインザの向かいに透明な男がいるじゃないか！」

ああ、とステラは気のない声を出す。

「遠隔対話術のことね。遠く離れた場所にいる人と、聖法《せいほう》を使って話しているのよ」

「驚かないんだな……」

「どうして驚くのよ。基本的な光の聖法《せいほう》だもの。去年、入学してすぐに習ったわ」

俺とステラが話している間にも男性の厳しい言葉は続いている。

「どうしておまえは一番になれないのだ！　公爵《デューク》階級の精霊を宿しておきながら格下に負けるとは、恥を知れ！」

「申し訳ございません、お父様。ですが、今回のは所詮、選考テスト――」

「そのような腑《ふ》抜けた意識だから負けるのだ！」

一喝され、クインザが身を竦《すく》める。

「去年のような初戦敗退は絶対に許さんからな。何が何でも勝つんだ。フランツベルの威信にかけて！」

「もちろんです、お父様。競技会本番は必ずや勝ってみせますわ！」

クインザに遠慮して他の生徒たちは談話室に立ち入らない。どこか気の毒そうな顔をして通り過ぎていくだけだ。

「……すごいな。学年で二番になって怒られてるのか。俺の感覚では信じられん」

「フランツベル家は名門中の名門ですから……クインザ様のお父様はとてもお厳しい方なんですよ。クインザ様は毎週、お父様に手紙で学園生活について報告しなければならず、どんな小さな課題でも一番でないと厳しく叱責されるそうです」

「ふーん、名門貴族も楽じゃないのね」

まだクインザ父の小言は続いている。

これ以上、盗み聞きするのも忍びなく、俺たちはそっと談話室を離れた。

「お父様に叱られたことで、きっとクインザ様は聖法《せいほう》競技会に向けて万全の準備をしてくるでしょう。その最初の矛先はあたしたちに……うう、またお腹《なか》が痛くなってきました……」

「もうっ、弱気にならないでよ、フィーナ。……食堂へ行くわ。夕食を食べながらクインザを倒すための作戦会議よ」

ステラとフィーナの作戦会議は、水の大精霊を宿している生徒を調べるため、他クラスの名簿を手に入れてくる、ということで決着がついた。アントーサで一クラスは二十人。それが四クラスあるから、学年では八十人の生徒がいる。一人一人に属性や階級を訊《き》いて回るのは現実的じゃない。

そして、聖法《せいほう》競技会における懸《け》念《ねん》点は水属性のメンバーがいないことだけではない。

そもそも誰が雷を出してステラたちを選手に導いたのか、正体を摑《つか》めていないのだ。

ステラが選手になったのは喜ばしいが、仕組まれているみたいでなんだか気味が悪い。

(女神がまた何か企《たくら》んでいるのか……？　だとしたら、一体何を？　ステラを聖法《せいほう》競技会に出場させてどうするつもりなのか。一度女神に会って確認しておきたいが、さて、どうやって女神に会いに行ったものか……)

「オタク、ずっと黙ってどうしたのよ。あんたが静かなんて珍しいじゃない」

「そうですね。あっ、あたしたちが食事しているのを見て、オタク様もお腹《なか》が空いてしまったのですか？」

食堂を出た二人は自室へ戻っている。学生たちが行き交う廊下で、俺はこっそりと返した。

「フィーナ、残念ながら俺は腹が減らないし、食事もできないんだ」

「つまり、食事制限もする必要がないのですね。羨ましいです」

ふと俺の目に、窓の外にある女神像が映った。広場にある大きな像だ。その瞬間、閃《ひらめ》く。

「二人とも、ちょっと待ってくれ！　俺は最近、眠れなくて困っているんだ」

俺の言葉に二人は足を止める。

「何それ。杖《つえ》のくせに眠れないとかあるの……？」

「大変です！　お薬を飲まないといけません」

眠れない、というのはあながち嘘《うそ》ではない。

杖《つえ》の身体《からだ》になってから、カロリーを消費するという概念がないのか、ほとんど疲れないのだ。

あまり眠くもならない。

ただ、それで「困っている」というのは嘘《うそ》だ。

「俺は薬も飲めない。でも確か聖典にあったろ？　不眠で悩んでいる人が女神像にもたれたら、ぐっすり眠ったって話が」

「ありましたっけ……？」

「あったわ。一年生の範囲よ、フィーナ」

「えへへ……」

「俺もよく眠れるように女神様に頼りたいんだ。俺を女神像に立てかけてくれないか？」

二人は俺の心にもない言葉を信じて、広場に向かってくれた。

「いいか、もし女神像に俺を立てかけて俺が反応しなくなっても、それは寝たってことだからな。心配しなくていいぞ」

「だ、誰がオタクのことなんて心配するのよ」

前例があるステラはぷい、と顔を背けた。

(思い返してみれば、神座に入るトリガーは大体いつも『女神像に触れる』だ。試してみる価値はある)

「じゃあ、置くわよ」

「頼んだ」

ステラが俺を女神像に立てかける。

コツン、と女神像に触れた瞬間、目の前の景色――心配そうにこっちを見るステラとフィーナの姿が歪《ゆが》んだ。

あ、これは成功だ！　と確信する。

ぷつりと五感がなくなって、気付けば俺は別の場所にいた。

天井の高い、広々とした円形の空間。壁一面にモニターが貼られている様は近未来的で、異世界ファンタジー世界にはそぐわない。これまで何度も来たことがある神座である。

ここでは俺も杖《つえ》ではなく人間だ。

制服の学ランに包まれた手足を確認するなり、俺はすぐさま立ち上がった。身構えて周囲を見渡す。ここは女神の住処《すみか》。いわば敵地である。前回、女神と俺は完全に決裂した。問答無用で女神の攻撃が降ってきてもおかしくはない。

だが、女神の姿はなかった。

数多《あまた》のモニターに様々な情景が映し出され、無声映画のごとく流れていくだけだ。

これはどういうことだろうか？　俺に会いたくなくて女神は引きこもっているのか――いや、あの腹黒女神は引きこもるようなタイプじゃない。だったら、俺がここに来たことに気付いていないのか。それくらい気付いていてもよさそうなものだが……。

「おーい、女神ー！　いないのかー⁉」

杖《つえ》になっていたせいで凝り固まった身体《からだ》をほぐしながら、俺は叫んだ。手首に付いた黒い鎖がジャラジャラと鳴り、やかましい音が反響する。

「別に喧嘩《けんか》しに来たんじゃないぞー！　ちょっと訊《き》きたいことがあるだけだー！」

「――来ると思っていました、異世界の人間よ」

不意に声がして、俺は振り向いた。

いつの間にか壁に階段が現れ、輝くローブを纏《まと》った女神が下りてきていた。

顔に貼りついた慈愛の微笑。優しそうな猫なで声。神々《こうごう》しく品位のある態度。……まさしく絵に描いたような「女神」だ。

しかし、彼女の本性を知っている俺からすれば、白々しいだけにすぎない。

俺の胡乱《うろん》な表情に気付き、女神は上品に首を傾《かし》げる。

「どうかしましたか？　妾《わらわ》の顔に何か付いていますか？」

「……今さら俺の前で猫をかぶらなくてもいいぞ」

「猫をかぶる？　何のことでしょう？」

完璧な微笑を返され、俺は言葉を失った。

……まさかそう来るとは思わなかった。

今までのいざこざが全部なかったみたいになっている。女神の態度は初めて会ったときと同じだ。この期に及んで、まだ善良な女神の仮面をかぶるのか。

「それより、貴方《あなた》は妾《わらわ》に何か訊《き》きたいことがあって来たのでしょう？　早くしないと時間切れで杖《つえ》に戻ってしまいますよ」

それはステラと俺を繋《つな》ぐ鎖──魔法の効果だ。俺の魂はステラの杖《つえ》から長時間離れられないことになっている。

「なら単刀直入に訊《き》こう。聖法《せいほう》競技会の選考会でステラが選手になるよう、雷を出したのはあんたか？」

「ええ、妾《わらわ》が行いました」

「なんでそんなことをした？　何を企《たくら》んでいる？」

「企《たくら》んでいる、とは人聞きの悪い。あれは妾《わらわ》からのささやかなお詫《わ》びなのですよ」

「お詫《わ》び……？」

思いがけない単語に俺は戸惑う。

「妾《わらわ》は貴方《あなた》に手ひどく糾弾されて反省したのです。ステラ・ミレジアに行き過ぎたことをしてしまった、と」

女神は哀《かな》しげな表情で胸に手を当てる。なんとも哀愁を誘う画《え》だ。

「妾《わらわ》は神として、もっと寛大な心でステラ・ミレジアを見守るべきでした。彼女に対し、誤った判断を下してしまったことを妾《わらわ》は悔いているのです」

「それはつまり……もうステラを殺す気はない、と？」

そういうことです、と女神は口角を持ち上げた。

「今までのお詫《わ》びとして、ステラ・ミレジアには聖法《せいほう》競技会出場の権利を与えました。彼女には喜んでもらえたようですね」

胡散臭《うさんくさ》い微笑を俺は睨《にら》む。

相変わらずの神気取りには閉口するが、言っていることに矛盾はない。

女神の言葉がもし本当なら、俺としては万々歳だ。

だが――この女を信用できるだろうか？

「なんて怖い目つき……貴方《あなた》はまだ妾《わらわ》のことを許していないのですね」

ふわりとローブがはためいた。

距離を詰めた女神は俺に身体《からだ》を寄せてくる。

「約束しましょう。これから先、妾《わらわ》はステラ・ミレジアに助力することを。神である妾《わらわ》の後ろ盾があれば、彼女の人生はすべて順風満帆！　富も名誉も何もかもが手に入ります。もちろん、普通なら叶《かな》うはずのない高望みな夢も」

「……俺は何も、そこまでしてほしいわけじゃない」

女神を引き離そうとするが、逆に手を掴《つか》まれた。

俺の手を女神は自らの頬に当てる。

「これは妾《わらわ》の好意でもあります。受け取ってくれますね――?」

「っ！」

反射的に手を払っていた。

掌《てのひら》に残った柔らかい頬の感触を消すため、手を握り込む。呼吸が荒いのを自覚した。俺の不躾《ぶしつけ》な振る舞いにも女神は完璧な微笑を崩さない。

(お詫《わ》び？　好意？　腹黒女神の言うことなんか信用できるかよ……！)

逃げるように後退《あとずさ》った俺は数歩も行かないうちに、がくりと足を踏み外した。

「神に祝福された人生を謳歌《おうか》するのです！　さすれば、きっと貴方《あなた》も妾《わらわ》に祈りを捧《ささ》げたくなるでしょう。妾《わらわ》への信仰の扉は、異世界の人間にも開かれていますよ」

満面の笑みを浮かべた女神。

それを見ながら俺は神座からフェードアウトしていた。

＊＊＊

「しかし奇蹟《きせき》により作られた城壁は幾千万の魔獣でも破ることはできなかった。《土よ、在れ《テラリア・ザイン》》《水よ、在れ《アクアリア・ザイン》》《火よ、在れ《イグナリア・ザイン》》」

　エイルーナ先生が唱えると、高さ二メートルを超えるレンガの壁が現れた。

　それを背に、先生は言う。

「今日は皆さんに高等聖法《せいほう》で防壁を作ってもらいます、アハッ」

　途端に生徒たちのテンションが急降下した。軽いブーイングまで湧き起こる。

「あー皆さんの言いたいことはわかりますよ？　二年生に進級して高等聖法《せいほう》が解禁になったので、派手な攻撃系の聖法《せいほう》を習いたいんですよね。気持ちはわかりますが、学園のカリキュラムでは自分の身を守る防御のほうが優先なんです。我慢してください」

　今日の授業は『高等聖法《せいほう》Ⅰ』だそうだ。

　黒いトンガリ帽をかぶり直した先生は生徒たちに問う。

「さて、皆さん。この壁は何でできていると思いますか？」

　コンコンと先生は壁を叩《たた》いている。

　生徒の一人が答えた。

「レンガ、ですよね……？」

「そうです。では、レンガは何でできていますか？」

「土……？」

「それだけではないでしょう」

「あとは、水……」

「まだ足りません。いいですか、聖法《せいほう》でレンガを作るには、実際のレンガの作り方を知らないといけません。土に水を加えて粘土にし、それを高温で焼くとレンガができます。よって、聖《せい》法《ほう》を唱える順番は土、水、火となります」

先生が講義モードに入ったのを察して、生徒たちはノートを取り始めた。

俺はステラに背負われたまま、彼女がペンを走らせるのを見る。

「適切な土、適量の水、適度な火加減、一つでもイメージが狂えばレンガはできません。高等聖法《せいほう》とは複数の属性を組み合わせてより強く、複雑なものを創り出すことです。これまでの単一属性の聖法《せいほう》と違って、ただやみくもに大きな火や水をイメージすればいいわけではありません」

（バランスが大事、ということか……）

聖法《せいほう》の発動には俺も関わっているため、俺も真面目に授業を聞く必要がある。

と、そこでクインザが挙手した。

「先生、何故《なぜ》レンガの壁を作る練習をしなければならないのですか？　どうせならわたくしは鉄の壁の作り方を学びたいです」

「鉄の壁……それはまた、どうしてでしょう？」

「レンガより強固な鉄の壁を作るクラスメートを知っているからです。彼女にできるのなら、わたくしにだって習得できるはずです」

クインザはフィーナを横目で睨《にら》みつけていた。悪役令嬢の顔には「あなたの得意技を奪ってやるわ」と書かれている。

フィーナは俯《うつむ》いて萎縮するだけだ。

ふむ、と先生は顎に手を当てる。

「クインザさんに鉄の壁は十年早いと思いますよ」

「じゅ、十年っ⁉」

悪役令嬢が卒倒しそうな声を出した。

「それはっ、わたくしの能力が彼女の足元にも及ばないと⁉」

「いえいえ、鉄の壁に限って言えばの話です。例えば、クインザさんは鉄と聞いて何を思い浮かべますか？」

「……？」

「身の回りにある鉄製のものを挙げてみてください」

先生に促されたクインザは、困惑したように視線を巡らせる。

「鉄……鉄……金属……このブローチとか⁉」

「それは銀ですね。はい、フィーナさん。同じ質問です。鉄製のものを挙げてみてください」

「鍬《くわ》や鋤《すき》、手斧《ておの》などでしょうか」

即答したフィーナ。しかし、辺りには嘲るような空気が広がっていた。

「……鍬《くわ》って、農民が持つものじゃなくて？」

「さすが田舎出身の人は違いますわね」

クスクスとクラスメートたちから笑われ、フィーナはますます身体《からだ》を縮こまらせる。

が、

「正解です。これがクインザさんには鉄の壁が難しい理由になります」

先生は《土よ、在れ《テラリア・ザイン》》と唱え、杖《つえ》を振る。

地面にそれぞれ土砂の山と鉄屑《てつくず》の山ができた。

「土も鉄も、五属性の分類では同じ土属性です。どちらも《土よ、在れ《テラリア・ザイン》》と唱えるだけで作ることができます。ところが、鉄を理解していない人はそれをイメージすることができません。イメージできなければ当然、聖法《せいほう》で作るのは不可能です。フィーナさんが鉄の壁を作れるのは、皆さんと違って鉄を具体的にイメージできるからなんですよ。素晴らしいですね」

フィーナがほっとして顔を上げる。

（逆に言うと、具体的にイメージできれば作れる、ということか。もしかして俺がイメージすればもっといろんなものを作れるのでは……？　あとでステラと試してみるか）

「レンガの防壁を課題にしたのは、レンガの材料である土、水、火は全員がイメージしやすいものだからです。皆さんがそれだと簡単すぎると言うのであれば……そうですね、金属の壁を課題にしてもよいのですが――」

エイルーナ先生の提案に生徒たちはブンブンと首を横に振った。

「では、レンガの壁を今日の課題とします。校庭の端から端まで、最初に防壁を作れた人が最高得点です。よーい、スタート、アハッ」

早速、生徒たちが校庭に散らばり、祝詞《のりと》を唱え始めたときだった。

一人だけ違う詠唱が響く。

「高波の時は止まり、氷壁となった。《水よ、在れ《アクアリア・ザイン》》」

アンリエッタだ。

彼女が杖《つえ》を前方へ向けると、バキバキッと分厚い氷の壁が現れた。瞬《また》く間《ま》に氷の壁は出来上がっていき、校庭の端まで到達する。

（おいおい、ここは南極か……？）

校庭を縦断した分厚い氷壁は白い冷気を発していて、周囲の温度を急激に下げていく。クラスメートたちはあまりの寒さに震えていた。

アンリエッタはエイルーナ先生の元へ行くと、抑揚のない声で報告する。

「防壁ができました」

先生は眉間を押さえていた。

「アンリエッタさん……先生はレンガの防壁を作るよう言ったはずです」

「レンガより私の氷のほうが丈夫です」

「それはわかっていますが、この授業は高等聖法《せいほう》の練習で……」

「わざわざ脆《もろ》い防壁を作る理由はないです」

エイルーナ先生が、はあ、と大きく息をついた。返す言葉はないようだ。

「授業を退席しても？」

「……最初に防壁を完成させたのは評価しますが、アンリエッタさんが作ったのはレンガではないため減点になります。それでもよければ」

「結構です」

クラスメートたちが畏怖の目で見守る中、アンリエッタは踵《きびす》を返《かえ》した。彼女の頭では今日も氷の花が揺れている。

（クールだ……）

ブレないキャラに、俺はそっと感嘆のため息を洩《も》らした。

アンリエッタが校庭から出て行き、皆は気を取り直して詠唱を始めた。最高得点はまだ誰の手にも渡っていない。

ステラも杖《つえ》を持って唱える。

「しかし奇蹟《きせき》により作られた城壁は幾千万の魔獣でも破ることはできなかった。《土よ、在れ《テラリア・ザイン》》《水よ、在れ《アクアリア・ザイン》》《火よ、在れ《イグナリア・ザイン》》！」

（えーっと、先生が言ってた通りイメージすると、土に水を混ぜてそれを焼く、と。土の精霊、水の精霊、火の精霊、これでレンガの壁を作ってくれ！）

ドン、と校庭に壁ができた。けれど、長さが全然足りない。校庭の端から端までなんて到底無理に思えてくる。

ステラが杖《つえ》に口を寄せ、小声で囁《ささや》く。

「どうなってるのよ、オタク。壁が短いんだけど」

「うーん、どうしてだろうな。俺のイメージした量が少なかったのか……？」

「はわわっ、土が崩れてしまいます……！」

横からフィーナの悲鳴がした。

フィーナの作った壁はステラのより長かったが、レンガにならずに土を積んだだけになっていた。当然、すぐ崩れてしまう。

「うう、高等聖法《せいほう》、難しいです……」

「水と火が足りなかったみたいね」

「困りました。土以外の聖法《せいほう》は苦手なのに……」

フィーナが肩を落としたとき、

「そういうときは合同詠唱をするといいですよ」

エイルーナ先生が後ろから声をかけてきた。

「合同詠唱……？」

「一つの高等聖法《せいほう》を複数人で分担して詠唱するんです」

ローブを引きずってやって来たエイルーナ先生は、ステラの作った壁を見る。

「今回の場合だと、ステラさんは三つの属性をバランスよく使えていますが、全体的にイメージする物量が足りません」

（やはり、イメージ量不足か……）

「そしてフィーナさんは、土を出すことしかできていません」

「うう……」

「そこで、フィーナさんがすべての土を出します。ステラさんが水と火を出すことに集中すれば、イメージ量も上がるでしょう。結果的に、より長い壁を作ることが可能となります」

これが合同詠唱です、と先生はステラとフィーナを見比べた。

「聖法《せいほう》競技会の選手に選ばれたそうですね」

「っ、はい！」

背筋を伸ばすステラ。だが、エイルーナ先生はどことなく浮かない表情だ。

「聖法《せいほう》競技会に出場するなら、せめて合同詠唱は使えるようにしておくといいでしょう。複数人の力を合わせて、簡単に聖法《せいほう》の威力を上げられる方法です。……選考テストでも合同詠唱ができるかどうかで大きな差が出たはずなのですが……」

あっ、とステラが小さく声を上げた。

「じゃあ、クインザが大きな炎の竜巻を出せたのは合同詠唱をしていたから……⁉」

「炎の竜巻ですか。最低限、火と風は必要ですね。規模を大きくするならそこに水や土を加えるのも手だと思います」

(そうか。火の聖法《せいほう》しか唱えていなかったから、ステラの場合は竜巻にならず、焚火《たきび》になっていたのか)

俺は選考テストで竜巻を出せなかった原因がわかり、納得する。

そのとき、わあっ、と歓声がした。

声のほうを見ると、クインザのグループがいる。彼女たちは三人で合同詠唱を行っているらしく、レンガの壁は校庭の半分まで到達していた。

「なっ、クインザたち、もうあんなに壁を……⁉」

「ステラさん、焦《あせ》ることはありませんよ」

エイルーナ先生は諭すように言う。

「貴女《あなた》はまだ奇蹟《きせき》を扱えるようになったばかり――非常に未熟な状態です。くれぐれも欲張りすぎて、暴走することがないように」

いいですね？　と先生が念を押した。

ステラは「はい……」と答える。けれど、その目はクインザたちをチラチラ窺《うかが》っている。焦《あせ》っているのは明白だった。

ドンッ、と不意に地面が揺れた。

「きゃっ！」

「な、何事……⁉」

フィーナもステラも悲鳴を上げる。

（何だ、地震か⁉）

俺は周囲を見渡し、ふと、女神像の異変に気付く。

校庭を見下ろす女神像の口元が動いていた。

（っ……⁉）

ホラー映画みたいな光景に戦慄を覚える。

揺れはもう収まっていたが、そこにクインザの金切り声が響いた。

「わたくしの壁がどうしてなくなっているのよ⁉」

もうすぐ校庭を縦断しそうだったレンガの壁は、跡形もなく消えていた。

エイルーナ先生はクインザの壁があった場所に近付く。

「……これは、地割れですねえ」

ぱっくりと裂けた地面。そこにクインザの壁は呑《の》み込まれてしまったようだ。

ふーむ、と先生は顎に手を当てる。

「不思議ですねえ。どうしてこのようなことが起きたんでしょう？　今まで校庭で地割れなんてなかったのに……一体、何を画策しているのやら」

エイルーナ先生は女神像を仰ぎ、目を細める。

クインザが足音高く先生に詰め寄った。

「先生っ、わたくしたちはもう、ほとんど端まで作っていました！　先生もご覧になっていましたよね⁉　わたくしたちの評価は……⁉」

あー、とエイルーナ先生は黒いトンガリ帽を押さえた。

「残念ですが、肝心の壁がないので課題達成とするわけにはいきません。もう一度作り直してください、アハッ」

くっ、とクインザが顔を引きつらせた。すぐさま取り巻きたちに指示を飛ばし、新たに壁を築き始める。

ステラは俄然《がぜん》張り切っていた。

「チャンスよ！ クインザたちも初めからなら、わたしたちにも勝機はあるわ。フィーナ、合同詠唱するわよ！」

「はい！」

ステラとフィーナは詠唱を始める。

聖法《せいほう》を発動するには俺のイメージが必須だ。俺はイメージに集中しようとするが、どうしても地割れのことが頭から離れなかった。

「ふー、授業で最高得点を取ると気持ちがいいわね」

「そうですね。合同詠唱も上手《うま》くいきましたし」

防壁を作る授業が終わって、ステラとフィーナは寮の部屋に帰る。最高得点をもらえた二人は晴れやかな笑顔だ。

けれど、俺の心は晴れない。

あの授業中、地割れは三回も起こった。

ステラたちより早く防壁を完成させようとしたクインザたちが、三回とも地割れの餌食《えじき》になったのだ。明らかに異常である。

（女神め、いくら何でもやりすぎだろ……）

神座で女神に言われたことを思い出す。

『神である妾《わらわ》の後ろ盾があれば、彼女の人生はすべて順風満帆！』

……そりゃあ、世界を統《す》べる女神がライバルの足を引っ張ってくれたら、ステラは簡単に学年トップ、ひいては〈女神の杖《オプティ・バクルス》〉にだってなれるだろう。

でも、なんだかそれじゃダメな気がする。女神の好意なんて超ド級に胡散臭《うさんくさ》いものに頼っていたら、後でとんだしっぺ返しを食らいそうな予感がするのだ。

「ところでフィーナ、他のクラスの名簿は手に入った？」

水属性のメンバーを勧誘するにあたって、ステラたちはまず他の生徒たちの属性と階級を調べようという算段になっていた。

「はい。ですが、水属性の大精霊となると、ジェリアさんしかいませんでした……。騎士階級《ナイト》でよければ何人かいるのですが――」

「ダメよ。選考テストのクインザの火を見たでしょ？　騎士階級《ナイト》の子を入れたところで焼け石に水だわ」

ステラはぼふっとベッドに寝転がると、遠い目になる。

「わたしが今から水の聖法《せいほう》を練習したところで、たかが知れてる。選考テストのときみたいに、また都合よく雷が落ちるわけがないし、わたしたちがクインザに勝つには、水の大精霊が外せないのよ……」

選考テストで見たクインザの聖法《せいほう》は、ステラに大きなインパクトを残したらしい。いつになくステラは自信を失っている。

重苦しい沈黙が下りる中、俺は言った。

「水の大精霊なら一人心当たりがあるけどな」

俺の発言に二人がこっちを見る。

「アンリエッタだよ」

途端にステラはベッドの天井に目を戻し、フィーナは顔を強張《こわば》らせる。

「彼女はクールで取っつきにくいが、実力は確かだ。今日の授業でも見ただろ？　アンリエッタならきっとクインザに対抗できる」

「ですが、アンリエッタさんには一度断られています」

「それは聖法《せいほう》競技会への出場が決まる前の話だ。足手纏《あしでまと》いだから嫌だと彼女は言っていた。ステラたちが選考テストに通ったと知れば、態度も変わるんじゃないか？」

「……危険人物をチームに入れるのはどうかと思いますが……」

「わたしも反対よ」

身体《からだ》を起こし、ステラは断言した。

「アンリエッタとはこの前、喧嘩《けんか》したばっかじゃない。いくら聖法《せいほう》が上手でも、性格が合わないんだから協力できるわけがないわ。それに――」

　言いながらモジモジとステラは手指をいじる。

「……わ、わたしも彼女にいろいろ悪口とか、『二度と話しかけない』とか言っちゃったし、それでどうしてまた誘えるのよ……！」

（これは！　ツンデレがついキツいことを言ってしまって、後悔しているパターン！）

　ステラは本当はアンリエッタを誘いたいのだ。だけど、売り言葉に買い言葉をしてしまった以上、意地や羞恥心が邪魔をしている。

　このままではステラはアンリエッタを誘うことはできないだろう。

　だが、ここにはツンデレ推しの俺がいる。ツンデレの特性を熟知している俺は、ステラの背中を後押ししてあげられる。とくとご覧あれ。

「ステラ、俺は聖法《せいほう》競技会で優勝したい」

「は？」

「推しの夢はオタクの夢だって前に言ったろ？　聖法《せいほう》競技会での優勝は、もうステラだけじゃなくて俺の夢でもあるんだ」

「そ、そんなことも言ってたわね……」とステラは顔を赤くして横を向く。

「だから、俺は自分の夢を叶《かな》えるために、アンリエッタを勧誘しようと思う！」

　え、とステラが瞬《まばた》いた。

「勧誘って、あんたが直接？」

「そうだ」

「なっ、ダメよ。ダメに決まってるでしょ⁉　あんたが特殊な精霊だって彼女に知られたら、どうなるかわかったもんじゃないわ」

「リスクは承知の上。男にはやらねばならないときがあるんだ！」

「オタクのくせにカッコつけてるつもり？　わたしが許可しないわ。第一、わたしが運ばないと、あんたはアンリエッタと話すこともできないんだからね」

「じゃあ、俺の夢はどうなるんだ？　ステラは俺の夢なんかどうだっていいって言うのか？」

「うっ……そ、そうよ。あんたの夢なんか、別にどうなったって……」

「あーあ、ステラが協力してくれないなんて困ったなあ。誰かが俺の代わりに勧誘してくれれば解決するんだが。ああ困った、困った」

「ううう……！」

ステラの目がグルグルしている。

彼女の性格上、困っている人を見過ごすことはできないはずだ。

やがて彼女は吹っ切れたみたいに言った。

「……しかたないわね」

ベッドから立ち上がり、杖《つえ》立てから俺を引っこ抜く。

「オタクがそこまで言うなら、あんたの代わりにアンリエッタを誘いに行ってあげるわ。べ、別にわたしが勧誘したいわけじゃなくて、ぜーんぶ、オタクの夢のためなんだから。感謝しなさいよね！」

「ツンデレ万歳っ!!　万歳っ!!」

「うるさいっ！」

というわけで、俺たち二人と一本はアンリエッタの部屋の前にやって来た。

「ここ、よね……？」

ステラたちと同じ寮の部屋、のはずなのだが、アンリエッタの部屋のドアは何故《なぜ》か氷漬けになっている。ドアノブには氷柱《つらら》が下がっている始末だ。

フィーナはもの珍しそうにドアを観察していた。

「うわあ、アンリエッタさんのお部屋はドアまで氷で装飾されているのですね」

「装飾!?　これは装飾じゃないでしょ……」

「絶対に他人を入れたくない、という強い意志を感じるな……。まあ、アンリエッタらしいが」

それでもここまでする必要があるだろうか？

「はあ、なんだか歓迎されなさそうだけど、わたしたちの目的を果たすわよ。……ちょっとアンリエッタ、出てきなさい！　話があるの！」

ドンドンとステラはドアを叩《たた》く。

けれど、氷漬けになった扉は沈黙するだけだ。

「……出てきませんね。お休みになっているのでしょうか？」

「この氷は聖法《せいほう》よ。寝ながら聖法《せいほう》を維持できるはずがないわ。つまり、無視してるのよ！」

ステラは杖《つえ》を取った。

「オタク、強行突破するわよ。廊下を焼かないように火球を一個だけ出して。《火よ《イグナリア》、在《・ザ》れ《イン》》！」

「了解」

野球ボールくらいの火の玉が杖《つえ》の先に現れる。ステラはそれをドアの氷に近付けた。

「こうやって氷を溶かしていけば、開けられるようになるでしょ――って、うわあっ！」

いきなりドアが開き、ステラが面食《めんく》らう。

「また、あなたたち」

ドアを覆っていた氷は一瞬でなくなっていた。ドアを開けたアンリエッタは、ステラとフィーナを冷ややかに見下ろす。

「二度と話しかけないんじゃなかった？」

うっ、とステラが言葉に詰まった。

その隙に、アンリエッタはドアを閉めようとする。「待って！」とステラが足を挟んだ。

「わ、わたしたちはあんたにとても光栄な話を持ってきてあげたのよ」

「断る」

「まだ何も言ってないじゃない！」

「話を聞く時間が無駄」

「くうう、あんたねえ、聞いて驚きなさい。わたしたちは今年の聖法《せいほう》競技会の出場メンバーに選ばれたんだからね！」

ふふん、とステラは得意げに顎を持ち上げる。

これでアンリエッタの態度が変わってくれれば、成功だ。

しかし彼女は無表情でステラを見返す。

「――私の心は永遠《とわ》に凍え切った。《水よ、在れ《アクアリア・ザイン》》」

彼女の手に氷の剣が現れる。

ステラが何か言う間もなかった。アンリエッタは素早い身のこなしで、ガンっとステラの杖《つえ》を斬り上げる。

（腰痛てえっ！）

ちょうど腰のところに剣が直撃した。身悶《みもだ》えたくても杖《つえ》なのでどうにもできない。俺はステラの手を離れて宙を回転し、妙にひんやりした手にキャッチされた。

ん？

「杖《つえ》は預かる。これでドアは溶かせない」

アンリエッタの無表情が近い。俺は彼女に握られていた。

ステラが顔色を変える。

「ふざけ――」

言葉の途中でアンリエッタはドアを閉めた。《水よ、在れ《アクアリア・ザイン》》と唱え、再びドアを氷漬けにする。

「ちょっと！　返しなさいよ！　この泥棒！　杖《つえ》を盗《と》ってタダで済むと思ってんの⁉」

バンバンとドアを叩《たた》く音とステラの叫びが聞こえる。

アンリエッタはドア越しに返した。

「明朝、遺失物として先生に届ける。夜間に聖法《せいほう》を使う必要はないから、それで問題ない」

「問題大アリよ！　今すぐその杖《つえ》をわたしに返しなさい！」

アンリエッタはそれ以上、ステラに構う気はないようだ。ドアを離れた彼女は部屋の奥へ向かう。

図らずも彼女の部屋に入ってしまった俺は周囲を見る。そしてすぐに悟った。

（そうか、アンリエッタもルームメートがいないのか……）

四人部屋はがらん、としていてどこか寂しさすら覚える。彼女が独りなのは、おそらく邪《よこしま》な血統のせいだろう。同じクラスにいるからよくわかるが、生徒たちはこぞってアンリエッタを怖がって避けている。

ふと、壁に小さな絵画がかかっているのを発見した。

（これは家族の肖像画か……？）

ヒゲを生やした威圧感のある中年男性に、線の細い、儚《はかな》い雰囲気の大人の女性。中央には今より五歳ほど幼いアンリエッタがいる。彼女の隣にはたぶん弟と妹だろう、アンリエッタよりずっと幼い男の子と女の子が描かれていた。

ステラの抗議の声が響いている中、アンリエッタは俺を杖《つえ》立てに入れ、グラスを取った。小さな声で「《水よ、在れ《アクアリア・ザイン》》」と唱える。

透明なグラスに並々とした水——ではなく、氷が現れた。マジで氷の塊だ。思わず俺は言ってしまう。

「それじゃ飲めないだろ」

はっとアンリエッタが顔を上げた。

瞬時に彼女は視線を巡らせる。室内にはアンリエッタ以外の人の姿はない。

「……誰？」

声の主が見当たらず、アンリエッタは静かに誰何《すいか》した。

……どうしようか、と思う。俺の正体を明かすのはステラに止められている。まだアンリエッタがステラの仲間になると決まっていない以上、俺が杖《つえ》に宿っているとは言わないほうがいいのかもしれない。

逡巡《しゅんじゅん》していると、アンリエッタは続けた。

「手練《てだ》れの聖法《せいほう》使いが私に何の用？」

正体を勘違いされるのはもはやお決まりになりつつあるが、今回は斜め上の展開だ。

「手練《てだ》れの聖法《せいほう》使い……？」

「誤魔化しても無駄。ここまで巧妙な隠遁《いんとん》術を見たのは初めて。姿がまったく見えない。きっとあなたは相当な実力がある聖法《せいほう》使い」

どうやら彼女は、俺が聖法《せいほう》で透明人間になっていると思い込んでいるらしい。通常、杖《つえ》が喋《しゃべ》るはずはないから、そう思うほうが自然なのか。

受け答えをするアンリエッタは落ち着き払っている。これも初めてのパターンだ。

「キミは逃げたり、騒いだり、聖法《せいほう》を使ったりしないのか？」

「どうしてそんなことをするの？」

「正体のわからない奴《やつ》が自分の部屋に侵入してきたら、普通はそうするだろ。しかも、俺は男だ。アントーサは男子禁制だろ」

「手練《てだ》れの聖法《せいほう》使いがその気なら、私はとっくに死んでる。抵抗は意味がない」

「死ぬって、極論すぎだろ！」

「邪《よこしま》な血統は根絶やしにすべきと主張する過激派もいる。私の家には三度、火が放たれた」

淡々と言うアンリエッタ。

彼女が歩んできた苦難の人生が垣間見《かいまみ》えて、俺は一瞬、口ごもった。

「……だからって、侵入者の目的が殺すとは限らないじゃないか。抵抗はしたほうがいいと思うぞ。俺が言うことじゃないけど」

「殺さないんだったら、何が目的？」

「いくらでも目的はあるだろう。例えばキミの着替えを覗《のぞ》きたいからとか！」

アンリエッタが沈黙した。

彼女の表情筋はぴくりとも動かない。

氷漬けになったドア越しにステラの抗議の声が響いてくる。まだステラは俺を取り返すのを諦めてないようだ。

たっぷりと黙考した後、アンリエッタは真面目に問う。

「……何のために私の着替えを覗《のぞ》くの？」

何のために、だって!?

「キミはっ、自分の価値をわかっていないのか!?　クール美少女とはガードがオリハルコンより固いのが定石だ。常人には到底乗り越えられないガードの先にあるのがクール美少女の着替えであり、それはもはや誰も見たことがない絶景と称してもいいだろう。キミの着替えはとても崇高なものなんだっ！」

ついオタク特有の早口を発動させてしまった。

アンリエッタは無言無表情で座っている。リアクションがない。完全に引かれてしまったのだろうか……？

俺がいたたまれなくなり始めたとき、彼女が微《かす》かな声を発した。

「ん……」

「うりゃあああああああ――っ‼」

気合いの声とバキバキッという音が重なった。

部屋のドアが破られたのだ。

砕け散ったドアの向こうには、冗談みたいに大きな鉄槌《てっつい》を持ったステラがいて、さらにその後ろではフィーナがあわあわしている。

肩で息をしたステラはズカズカと部屋に踏み込み、俺を抱えた。

「この杖《つえ》はわたしのよ。誰にも渡さないんだから！」

寮の部屋のドアを破壊しておいて、お咎《とが》めなし――なんてことがアントーサでまかり通るはずがなかった。

誰もいない大浴場の戸をステラはカラカラと開ける。その後ろでフィーナは「わあっ」と小さく歓声を上げた。

「大浴場に誰もいないってなんだか新鮮ですね」

「そうね。これがただお風呂《ふろ》に入りに来ただけだったら、最高だったわ」

ステラ、フィーナ、アンリエッタの三人は先生から罰則《ペナルティ》として、大浴場の掃除をするよう言いつかったのだ。ステラはドアを壊した罪、フィーナは聖法《せいほう》で鉄槌《てっつい》を作ってドアの破壊を補助した罪、アンリエッタは他人の杖《つえ》を盗《と》った罪だ。

俺は大浴場の中を見るのは初である。奥には大きな湯舟があって、横にはシャワーが並んでいる。銭湯みたいだ。

「お風呂《ふろ》なら内緒で入っちゃえばいいじゃないですか……って、お湯が抜かれてます！」

湯舟を覗《のぞ》いたフィーナがガーンとショックを受ける。

ステラは肩を竦《すく》めた。

「当たり前でしょ。ほら、さっさと掃除するわよ」

ステラはデッキブラシを取りに行き、フィーナもそれに続く。ちなみにアンリエッタは一切の無駄口を叩《たた》かず、既に掃除を始めていた。

シャッシャッと三人がブラシで床を擦る音が木霊《こだま》する。

ステラは罰則《ペナルティ》を受けて不満そうだが、俺にとっては願ってもないご褒美《ほうび》イベントだ。何故《なぜ》なら三人とも濡《ぬ》れても大丈夫なよう、キャミソールにドロワーズという恰好《かっこう》なのだ。薄着の美少女たちを拝める貴重な機会である。

全体的に小柄なステラは腕も脚も細いが、二の腕や太腿《ふともも》には健康的な筋肉が付いている。水を弾く滑らかな肌は透き通るように白く、とても眩《まぶ》しい。

フィーナはやはり胸に目が行ってしまう。キャミソールの盛り上がり方はもはや暴力的で、ブラシを動かす度に揺れている。すごい光景だ……。

最初からスタイルがいいなと思ってはいたが、アンリエッタはモデルみたいに脚が長い。とんでもない美脚だ。普段、長いローブでこれを隠してるなんてもったいなさすぎる。

「ステラさーん、そろそろ水で流していいですか？」

「オーケー、いいわよ」

フィーナが壁に付いているバルブを回す。その下にはホースが伸びていて、そこから水が出るんだろう。

「あれ？　水が出てこないです。どうしたんでしょう？」

「フィーナ、ホース踏んでる！」

「え？　ひゃあああああっ！」

「わあああああっ！」

フィーナが足を退《ど》けた瞬間、のたくったホースから大量の水がバラ撒《ま》かれた。

「水止めてーっ！」

「はいっ！」

急いでバルブを閉めたことで水は止まる。

しかし、ステラもフィーナもびしょ濡《ぬ》れになっていた。キャミソールはしっかり透けて、下着が見えている。

キャミソールの裾を絞りながらステラは言う。

「うう、最悪だわ……びしょびしょじゃない」

「す、すみません、ホースを踏んでたのに気付かなくて……」

それからフィーナはアンリエッタをチラ、と見た。

トラブルがあっても黙々とデッキブラシを動かし続ける少女に、フィーナは恐る恐る声を掛ける。

「あのー、アンリエッタさんは大丈夫でした……？」

「濡《ぬ》れた」

「ひいっ、も、申し訳ありません！　反省してるので刺さないでください！」

バッとフィーナが頭を下げる。

アンリエッタは一瞥《いちべつ》もしなかった。ただひたすら床を掃除している。

フィーナがステラにこそっと囁《ささや》く。

「……これってどうなんでしょう？　アンリエッタさんは怒ってないってことなんですかね？」

「わたしに訊《き》かれてもわからないわよ」

ステラはアンリエッタをジト目で見る。

「アンリエッタ、あんた水属性でしょ。とばっちりを食ったわたしたちのために、水を出してくれたっていいんじゃない？」

「とばっちり？」

「元はといえば、あんたがわたしの杖《つえ》を盗《と》ったからいけないんでしょ」

「他人の部屋のドアを無断で開けようとしたそっちが悪い」

「無断で開けようとしたわけじゃないわ！　ちゃんとノックもしたし、それをあんたが無視するからでしょ⁉」

「鬱陶しいハエを無視するのは当然のこと」

「ハエ⁉　今、わたしたちをハエって言った⁉」

「ドアを破ってきたからハエ以上にタチが悪い」

「くうう、この毒舌女――！」

「はわわっ、ステラさん、それ以上アンリエッタさんを刺激しないでください……！　アンリエッタさん、ごめんなさいっ！　刺さないでくださいっ！」

間に入ってペコペコと頭を下げるフィーナ。

ステラはすっかり頭にきているようで、唸《うな》ってアンリエッタを睨《にら》みつけている。

アンリエッタは息をついて小さく呟《つぶや》いた。

「……あなたたちが邪魔しなければ、もっとあの聖法《せいほう》使いと話せたのに」

おや？　と俺は思った。少し会話しただけだが、アンリエッタの興味は引けたらしい。

ステラは苛立《いらだ》ちを露《あらわ》に言う。

「とにかく、この罰則《ペナルティ》を早く終わらせたいのはあんたも同じでしょ。水の聖法《せいほう》でバーっと床を流してよ」

「……《水よ、在れ《アクアリア・ザイン》》」

アンリエッタが唱えた。

瞬間、ステラとフィーナのいる床が凍りつく。

「冷たっ！　誰が凍らせろって言ったのよ!?」

「も、もしかして、アンリエッタさん怒ってるんじゃ……!?　ごめんなさいっ！　刺さないでくださいっ！」

アンリエッタは無表情にステラたちを見るだけだ。彼女が何を考えているのか、まったくわからない。やがて彼女は言う。

「三分の一は掃除した。帰る」

「はあっ⁉ 待ちなさいよ。抜け駆けして帰るなんて許されるわけ――ひゃあああっ！」

アンリエッタを引き留めようとしたステラだったが、一歩踏み出した瞬間に滑った。氷の上に盛大に尻もちをつく。

「いったー……」と呻《うめ》くステラ。

アンリエッタは振り返って言う。

「今後一切、私に関わるな」

「はっ、わたしだってあんたみたいな奴《やつ》、関わりたく――」

「ステラ、ステラっ」と俺は小声で囁《ささや》いた。

それでやっと彼女は本来の目的を思い出してくれたらしい。

「え、あっ、そうだった！ ねえあんた、わたしたちと一緒に聖法《せいほう》きょ――」

カラカラ、バタン、という音を残してアンリエッタの姿は消えた。

大浴場に沈黙が訪れる。

床に尻もちをついたままのステラは「あーもおおお！」と銀髪をかき回す。

「やっぱり無理！ あの子を誘うなんて絶対無理よ。人の話は聞かないし、意地悪だし」

「意地悪というか、クールだよな」

アンリエッタがいなくなったことで俺は会話に参加した。

「無口で感情の起伏が乏しい。いつも独りでいるのを好む。口を開けば、辛辣な台詞《せりふ》が飛び出す。典型的なクール美少女だ」

彼女を聖法《せいほう》競技会に誘うのが最善なのだろうか……？　と俺も思い始めてきた。クールとツンデレ。どちらもコミュニケーションに難があり、相性は悪い。

いくら水の大精霊を宿していても、ステラと協力し合えないならアンリエッタを誘う意味がない。

「ふ～～ん」

機嫌の悪そうな声がした。

気付けば、口をへの字にしたステラが冷ややかに俺を見ている。

「あんたって『つんでれ』以外も詳しいのね」

「ツンデレの理解度に比べたら、クール属性は嗜《たしな》む程度だと思うぞ。なんてったって、俺はツンデレ推しだからな。ツンデレ以上に好きなものはないな！」

「ばっ、不意打ちでなんてこと言うのよ……！　わたしはオタクなんて大っ嫌いなんだからっ」

ぷい、とステラは顔を背ける。

「わあ～、ステラさんのお顔が真っ赤です～」

「言わないでよ！　顔を背けた意味がないでしょ⁉」

「大丈夫だ、フィーナ。言われなくてもステラが照れてることくらい俺はお見通しだ」

「なっ、勝手に決めつけないで！」

「さすがオタク様ですね。ステラさんをよくわかっています」

「それより二人とも、早く着替えたほうがいいんじゃないか？　その濡《ぬ》れた服をいつまでも着ていると風邪を引くぞ」

はっとしてステラは自分のキャミソールを見る。

彼女はそれが透けているのにようやく気付いたようだ。頭から湯気を噴いた少女はプルプルと小さな身体《からだ》を震わせ――

「いつまでも見てんじゃないわよ、このド変態が――っ！」

ステラに投げられた俺は大浴場の窓からダイブした。

窓から投げ捨てられた俺は、草むらにトンッと落ちた。硬い地面じゃなかったおかげで意識は飛んでいない。

見上げた窓からはステラとフィーナの賑《にぎ》やかな声が聞こえてくる。

俺は心の中で両手を胸に当てた。

（ふう、素晴らしい風呂《ふろ》イベントだった……）

夜のひんやりとした風が俺の全身を撫《な》でていく。ステラが俺を拾いに来てくれるまで、こうやって寝転がって余韻に浸るのも悪くない。というか、それしかできない。

そのとき、草を踏みしめる音がした。

(誰だ……?)

ここは大浴場の裏手だ。夜遅くに、一体誰が何の用でこんなところに来るのか。

もし不埒《ふらち》なことを企《たくら》む輩《やから》なら、俺が『神の力』を使って追い払ってやろう。そう息巻いていると、謎の人物が静かに唱えた。

「光の精霊よ、女神の契約の下に光を繫《つな》ぎたまえ。《光よ、在れ《ルクサリア・ザイン》》」

なんだ、と俺は警戒を解く。謎の人物の正体はアンリエッタだった。

何をしているんだろうか、と思って見ていると、彼女の正面に半透明に光る少年が現れる。

これはこの前も見たぞ。遠隔対話術だ。

「やっと繫《つな》がった、姉さん！　何かあったのかと思ったよ」

少年らしい快活な声がする。

(肖像画に描かれていたアンリエッタの弟か……声を聞く限り、アンリエッタとは性格が違うみたいだな)

「ごめん。待った?」

ん?

俺は軽微な違和感を覚え、アンリエッタを見つめた。

「そんなに待ってないけど……姉さん、なんだか髪が濡《ぬ》れてない……？」

「これは……些細《ささい》なトラブルがあっただけ」

「トラブル⁉」

少年が身を乗り出した。

「姉さん、まさかまた他の生徒から嫌がらせを受けたんじゃ――⁉」

「違う。心配しなくていい」

「そんなこと言って、また留年に追い込まれたらどうするつもり？」

「二度と同じ轍《てつ》は踏まない。私は上手《うま》くやれる」

違和感の正体に気付いた。

アンリエッタの台詞《せりふ》や口調に人間らしい感情が見えるのだ。言葉数は少ないが、それでもアンリエッタが弟を思いやっているのが伝わってくる。

(身内相手にもクールを貫いているわけじゃないんだな……そりゃそうか。人間、ずっとクールではいられないもんな……)

「それより、母さんの具合は？」

「母さんは……大丈夫だよ。僕が看《み》てるから」

「わかりやすい嘘《うそ》。薬はあとどれくらい残ってる？」

「……最近、発作がひどくなったんだ。それで、薬は……」

「もうなくなったの？」

「……うん」

俯《うつむ》く少年に、アンリエッタは言う。

「わかった。今週末、薬代を稼いでくる」

「ダ、ダメだよ！　姉さんは学校の勉強で忙しいだろ。立派な聖女になるにはたくさん勉強しないといけないって――」

「一日、パルハマーケットで働くだけ。それくらいの余裕はある」

（パルハマーケット……）

初めて聞く単語を俺が反芻《はんすう》していると、弟が泣きそうな顔になる。

「ごめん、姉さん……」

「謝ることはない。おまえが母さんを看《み》てくれるおかげで、いつも助かっている」

「うん……ありがとう。僕も早く、姉さんみたいに聖法《せいほう》が上手《うま》くなって、働きに行けるように頑張るよ」

「……私みたいに？」

「姉さんの聖法《せいほう》は一番カッコいいよ。僕の憧れだもん」

「ん……」

アンリエッタが少年から目を逸《そ》らす。

そのとき俺は見てしまった。

（……！　アンリエッタが、照れてる、だと……!?）

俺の目の錯覚ではない。

遠隔対話術の淡い光に照らされ、少女は表情を緩めている。彼女の頬は確かに赤くなっていた。

呆然《ぼうぜん》としている俺の前で、アンリエッタは不意に首を回した。

「そろそろ人が来る。また週末に」

「うん、じゃあね、姉さん」

対話を終え、弟のホログラムは消える。アンリエッタはすぐさまその場を立ち去った。

入れ替わるようにしてステラとフィーナが現れる。

「まったく、どこに行ったのよ。ここら辺に落ちたはずなんだけど」

「オタク様ー、どちらですかー？」

「おーい、ここだー」

キョロキョロしていた二人は俺の声に気付いたようだ。こっちにやって来る。

「捜したわよ、オタク——」

「ステラ、どうやら俺はとんでもない間違いを犯していたようだ」

銀髪の少女が杖《つえ》を拾うなり、俺は言った。

は？　とステラが呆《ほう》ける。

「アンリエッタの属性はただのクールじゃない。クーデレだ！　さっき照れた表情を見た瞬間に俺は確信した。ツンデレとクーデレ。ツンツンとクールしかなければ互いに歩み寄るのは不可能だが、どちらもデレを内包しているなら親和性がある！」

「早口で何言ってるの？」

「今週末、パルハマーケットに行くぞ」

唐突な俺の提案に、ステラとフィーナは顔を見合わせた。

「なんでいきなりパルハマーケット？」

「そこって、観光客も訪れる有名な食材市場ですよね？　うちの家が造ったワインも卸しています。ですが、オタク様は確か何も食べられなかったはずでは……？」

二人の訝《いぶか》しげな視線を受け、俺は気合いを入れて言った。

「さあ、パルハマーケットでアンリエッタと仲良くなるぞ！」

＊＊＊

週末はギラギラと太陽が眩《まぶ》しい日だった。

アントーサからいくつか山を越えた先。ステラとフィーナは目的の場所、パルハマーケットに降り立った。

「すごい屋台の数だわ……！」

ステラが圧倒されたように声を上げる。

中央に真っ直《ます》ぐ伸びる大通り。その両脇にはずらりと屋台が並んでいる。新鮮な野菜や果物、ハムなどの加工品や香辛料にお酒まで。様々な屋台があり、見ていて飽きない。人々がごった返す大通りには呼び込みの声があちこちから響き渡り、屋台からは売り子と客が値段交渉する会話が聞こえてくる。

これだけ雑多な場所なら俺も気兼ねなく声を出せる。

「めちゃくちゃデカい市場だな。人も多いし」

「はい、ここは首都にも近いので、たくさんの人が集まるんです。……あっ、生搾りジュースがあります！　あれ、美味《おい》しいんですよ」

目を輝かせたフィーナは早速、一つの屋台に引き寄せられていった。

お店の人がその場で搾ってくれるフレッシュジュースだ。屋台には山盛りの柑橘《かんきつ》が並んでいていい匂いがする。

フィーナは果汁が入ったコップをお店の人から受け取り、ゴクゴクと一気に飲み干した。

「ふわ～、いつ飲んでも最高です～」

「お、美味《おい》しそうに飲むじゃない……なんだかわたしも喉が渇いてきたわ」

「是非是非、ステラさんも飲んでみてください」

フィーナに勧められ、ステラもジュースを買う。

一口飲むなり、「これは……！」とステラは目を見開いた。白い喉を鳴らし、夢中でジュースを飲み始める。どうやらかなり気に入ったようだ。

「美味《おい》しそうだな……どんな味がするんだ？」

「どんなって、甘酸《あまず》っぱいわね。少し苦みもあるけど、それがすっきりしてて」

「じゃあ、俺が知っているグレープフルーツと同じ味っぽいな」

ふとステラが動きを止めた。ぽつりと言う。

「……あんたも一緒に飲めたらよかったのに」

「そうだな。そしたらお互い感想を言い合えたな」

「べ、別にオタクの感想なんて聞きたくないわよ。あんたが飲み食いできるなら、わたしの残飯処理ができて便利だと思っただけなんだからっ」

「ステラが残すところ見たことないなあ～」

「うるさいっ」

「お嬢さんたち、うちの店で運試ししていかないかい？」

ジュースを飲んだステラたちに、隣の屋台のおじさんが声をかけてきた。商品が出ていなくて何を売っているのかわからないが、おじさんの身なりからして羽振りはよさそうだ。

「運試し？」

「クジを引いてアタリが出たら、王宮にも卸している最高級のサクランボをプレゼントだ。こいつは光の聖法《せいほう》を使った特別栽培のもので、とっても甘いんだよ」

おじさんは言いながら、サクランボが入った箱を見せてくれる。

そこには大粒のルビーみたいなサクランボが詰まっていた。

「うわあ……！」

ステラの目が輝く。

前のめりになったステラに、おじさんはにっこりと笑った。

「クジはたったの銅貨一枚！　それで最高級サクランボを手に入れるチャンスだ。やらないと絶対損だよ！」

さっきのジュースでステラたちは銅貨を五枚払っていた。クジが安いのは間違いない。

「ちょっと、ステラさん！」

フィーナが小声でステラの袖を引っ張った。

「やめたほうがいいです。あの手の店は悪徳屋台ですよ」

「悪徳屋台って？」

「おカネだけ取られるってことです。クジにはおそらくアタリが入っていません。あの美味《おい》しそうなサクランボはエサで、あたしたちに売る気はないんです」

ステラは屋台のおじさんに鋭い目を向ける。

「まさかそのクジ、アタリが入ってないなんてことはないわよね？」

「女神様に誓って、そんなことするわけないだろ」

おじさんは屋台の柱に吊《つ》るしてあるタペストリーを指した。タペストリーには女神の顔が描かれている。

「決めたわ。クジを引くわよ！」

「はい、まいどあり！」

ええーっ!?　とフィーナが叫んだ。

「ステラさん、悪いことは言わないから、やめたほうが――」

「だって、最高級サクランボよ！　普通サクランボっていったら、小さくて酸《す》っぱくて傷みかけているのに。あんな美味《おい》しそうなの一度でいいから食べてみたいじゃない！」

前々から気付いていてはいたが、ステラは美味《おい》しいものに目がない。かつていた孤児院ではあまりよい食事が出てこなかったのだろう。その分、今は存分に食べてほしいと思う。

ステラはおじさんにおカネを払う。

ああ……、とフィーナが肩を落とした。

「心配しないでも平気よ、フィーナ。アタリは入ってるっておじさんは言ってたし――」

クジの箱に手を突っ込んだステラは、勢いよく一枚引いた。

現れたのは赤い紙。

瞬間、おじさんの顔色が悪くなった。

「な、何故《なぜ》、その紙が……!?」

「おじさん、これはアタリ？　それともハズレ？」

「えーっと…………ア、アタリ、だ……」

やったー！　とステラが飛び上がった。

「これで最高級サクランボはわたしのものよ！」

「ま、待ってくれ！　……ほら、アタリのサクランボだ」

おじさんがカゴから一粒のサクランボを取って、ステラに渡す。

「え？　一つだけ……？」

「当然だろう！　このサクランボは希少価値が高く、本来なら一粒一金貨は下らないんだぞ。アタリ一つにつき、一粒だ」

「むう、騙《だま》された気分だわ……」

不満そうなステラにおじさんは言う。

「もっと欲しいなら、クジを引くんだな。アタリが出ればサクランボをやるぞ。アタリが出ればな」

「やってやろうじゃないの」

フィーナが何か言う前に、ステラはもう一枚、銅貨を出した。

クジを引く。――出たのは赤い紙。

「よしっ、またサクランボをもらうわ！」

ガッツポーズを決めるステラ。

一方でおじさんの顔は明らかに引きつっていた。

「そんなバカな……ちょっと箱の中を確認させてくれ」

ステラたちに中身が見えないよう、おじさんは背中を向けて箱を確認し始める。

「おじさーん、まだアタリは入ってる？」

「ああ、入ってる入ってる！」

箱を確認し終えておじさんがこっちを向く。おじさんの顔は再びにこやかになっていた。

「アタリの有無を訊《き》くってことは、まだ続ける気なんだろ？」

「もちろんよ」

ステラはおカネを払ってクジを引く。

三度目の赤紙が出た。

「またアタリだわ！　サクランボっ、サクランボっ！」

「う、嘘《うそ》だ……さっき確認したのに！　どうなってるんだ⁉」

ついにおじさんは頭を抱えてしまった。

俺はふと女神のタペストリーを見る。目の錯覚だろうか、女神の笑みが深くなっているような気がした。

（詐欺屋台の引けるはずのないアタリが引けてしまう……これが「神に祝福された人生」ってやつか）

ステラは大喜びで「もう一回！」と言ってクジを引き続けている。その度にアタリが出て、おじさんは今にも卒倒しそうだ。

その様子を見ていたフィーナが、ふむむ、と唸《うな》った。

「これだけアタリが出るってことは悪徳屋台じゃなかったんですね。すみませんでした、おじさん。あたし、失礼なことを言ってしまいました」

「い、いや……」

「ステラさん、あたしのおカネも使ってください。最高級サクランボ、二人で一緒に食べましょう！」

「いいわね。さあ、どんどんクジを引くわよ！」

「ひいいっ！　お願いします、もう勘弁してください！」

「ん～～～、さすがは最高級サクランボ。わたしが今まで食べてきたサクランボとは、別物みたいな美味《おい》しさだわ……」

「これだけ甘いのはあたしも初めて食べました。一粒一金貨以上と言われる理由がわかります」

ピカピカのサクランボを食べながら二人は大通りを進む。結局、ステラは悪徳屋台からすべての最高級サクランボを巻き上げたのだ。

果実を口いっぱいに頰張るステラは、幸せそうに顔を綻ばせている。

ツンデレ少女の至福に満ちた表情――なんて尊いんだ。ずっと眺めていたい。

「神に祝福された人生も悪くないもんだな……」

「え？　神に祝福された……？」

「オタク様の言う通りです。ステラさんのクジ運がよかったのは、きっと女神様の思し召《おぼめ》しですよ！」

「そうなのかしら……だとしたら、女神様にお礼の祈りを捧《ささ》げないと」

ステラが両手を組むのを見て、俺は複雑な気持ちになった。

「そうそう、あたし、特技があるんですよ。見ててくださいね」

フィーナはサクランボを口に放り込む。モゴモゴと口を動かした後、ぺろ、と舌を出した。

その先には結ばれたサクランボのヘタが。

「じゃーん、口の中でヘタを結べるんです」

「何それ⁉」とステラが瞬《まばた》く。

「わたしもやってみる」

ステラもヘタごとサクランボを口に入れた。

「……ん、んんっ……んんんっ……」

集中しているのか、ステラは目を閉じて口を窄《すぼ》めている。まるでキスを待っているみたいだ。

見ているこっちがドキドキしてくる。

「む、無理……一体、どうやったらできるのよ」

断念したのか、ステラがヘタを口から出す。俺はほっとした。

「えへへ、舌をこうやってこうやるんですよ」

「少しも見えてないから！　今のでわかるわけないでしょ」

「えー、こうですよ、こう！」

「だーかーらー、そんなの説明したうちに入らないから！」

ステラとフィーナは会話に花を咲かせている。ずっと聞いていたいところだが、それだとここに来た目的を果たせないので俺は言った。

「二人とも、食べながらでいいから聞いてほしいんだが」

サクランボを口に入れた少女たちが俺を見る。

「今日の目的は、このパルハマーケットのどこかにいるアンリエッタを見つけ、彼女の仕事を手伝うことだ。それが勧誘に繋《つな》がると思っている」

「まだあんた、アンリエッタの勧誘を諦めてないわけ？　これまで何度も試したじゃない。今までの結果を忘れたの？」

「そうですよ、オタク様。あまりアンリエッタさんに絡《から》みすぎると、怒って刺されてしまうかもしれません」

「いいや、アンリエッタはクーデレだ。クールの皮をかぶったデレなんだ！　俺たちはまだアンリエッタの本質に辿《たど》り着《つ》いていない！」

　ステラはこめかみに指を当てていた。

「あまり訊《き》きたくないんだけど、その、『くーでれ』って何よ」

「クーデレとは！　普段は無口、無表情、クールで近寄りがたく感情表現が極端に乏しいが、ある特定の状況下や親しい人相手になると急にデレて可愛《かわい》らしい一面を見せるギャップが魅力的な属性のことであるっ」

「……訊《き》かなきゃよかった」

「彼女が弟と話していたときの様子を教えたろ。アンリエッタは本当は優しくて思いやりのある子なんだ。彼女が冷たいのは、俺たちがまだ彼女の信頼を得られていないからにすぎない。彼女が俺たちに心を開いた上で勧誘を断るなら、そのときは諦めよう」

「はあ、あんたって諦めが悪いのね」

「そりゃ、推しの夢を叶《かな》えるためだからな」

「なっ……！　わ、わたしは別に、アンリエッタがいなくったって……」

「すまん、間違えた。俺の夢のためだったな」

ふん、とステラが顔を背ける。

そのまま彼女は大通りを歩き出した。フィーナがその後を追う。

「オタク様が聞いたという、アンリエッタさんへの嫌がらせも気になりますね。留年に追い込まれた、とアンリエッタさんの弟さんは言ったのですよね？」

「ああ、俺はそう聞いた」

「あたし、留年の真相がわかった気がします。嫌がらせをされたことでアンリエッタさんが怒って、つい氷の剣で刺してしまったんですよ！　……うう、アンリエッタさんはやっぱり危ない人かもしれません」

「もしアンリエッタが危険人物じゃないとわかったら、フィーナはアンリエッタを仲間にするのに賛成してくれるか？」

「え？　はい、それは、まあ……」

「それならよかった」

俺はアンリエッタが氷の剣で人を刺したのは、何かの間違いだと思っている。

クーデレの彼女が衝動的に誰かを傷付けるとは考えにくい。それに第一、彼女が出す氷の剣は――。

「噂《うわさ》をしていたら、あれじゃない？　アンリエッタ」

ステラが立ち止まった。

少し先にある果物の屋台。そこに、青髪に氷の花を飾った少女が売り子として立っている。が、異様な光景だ。

屋台の人たちは皆、通りかかる客たちに大声で呼び込みをしているのに対し、アンリエッタは無言無表情で立ち尽くすのみ。そのせいで客は寄りつかず、山盛りのイチゴやラズベリーは少しも売れた気配がない。

「……ねえ、あれってどうなの？」

「無言だなんて斬新な呼び込み方ですね。初めて見ました」

「いや、あれは致命的に売り子に向いてないだけだろ……」

働くにしても、なんでよりにもよって売り子をやった？　と問いただしたくなる惨状だ。商品を運ぶ係とか、もっと他になかったのか……。

だがこれは俺たちにはチャンスである。アンリエッタを助けて仲良くなる絶好の機会だ。

「あ、お客さんが来ましたよ」

俺たちが話している間に、アンリエッタの屋台にフラっと中年の男が近付いてきた。

腰に剣を差した身なりのよいオヤジだ。けれどその顔は真っ赤で、見るからに酔っぱらっている。

オヤジはアンリエッタに果物の値段を訊《き》いているようだ。アンリエッタは無表情で「一山、銀貨一枚」「値切りはない」「不満なら買わなくていい」と言っている。

「ふざけんな、この女ァ――！」

突然、ダァン、と男が屋台を拳で叩《たた》いた。

山盛りで積んであったベリー類がバラバラと零《こぼ》れ落《お》ち、大通りに転がる。

「さっきから下手《したて》に出ていりゃ調子に乗りやがって、それが客に対する態度か！」

野太い怒声が響き、周囲の人々が何事か、と注目する。

男に怒鳴られても、アンリエッタは眉一つ動かさなかった。

「態度が悪いのはそっち」

「ああん？　客の態度を指摘できる立場か？　笑顔もなければ、世間話にすら応じない。無愛想に偉そうな態度で受け答えしやがって」

「落ちたイチゴ三山、ラズベリー二山。合計銀貨五枚、払って」

「馬鹿にしてんのかァ！」

まったく動じないアンリエッタに激昂《げきこう》し、オヤジが今度は屋台を蹴り上げた。バキッと果物を載せていた板が割れ、商品のほとんどが地面に落ちる。

「きゃっ……！」とフィーナが小さく悲鳴を上げた。

周囲もザワつくが、暴力的なオヤジを敬遠してか、助けに入る人はいない。

アンリエッタの目がすっと細まる。

「私の心は永遠《とわ》に凍え切った。《水よ《アクアリア》――》」

刹那、オヤジが腰の剣を抜いた。

「っ……！」

アンリエッタの詠唱が止まる。

男の剣は少女の首に当てられていた。

「おっと、危ねえ。おまえ商人のくせに聖法《せいほう》の心得があるのか？　だが、残念だったなあ。聖《せい》法《ほう》は遠距離攻撃にはもってこいだが、近接戦闘には不向きなんだぜ。祝詞《のりと》を唱えるより剣を抜くほうが速いからなあ」

赤ら顔のオヤジはアンリエッタに剣を向けたままニヤニヤと笑っている。

「驚いたか？　こう見えて俺は子爵様お抱えの騎士なんだよ。聖法《せいほう》をかじっただけの商人にやられてたまるかってんだ」

「……」

アンリエッタは無言でオヤジをじっと見ていた。

驚いた様子はない。剣を突きつけても、身分を明かしても無反応の少女。

男はあからさまに不機嫌になった。

「チッ、身の程を知ったら膝をついて謝罪しろ。そのふてぶてしい頭を下げろって言ってるんだよ！」

オヤジの手が青髪を摑《つか》む。

ステラが堪《たま》らず言った。

「もう見てられないわ。あいつのズボンを燃やして、《火よ、在れ《イグナリア・ザイン》》！」

その言葉を待っていた。オヤジの尻に火がつき、奴《やつ》は跳び上がる。

「仲間がいたのか、おまえたち……！」

尻の火をはたいて消したオヤジは、こっちを振り向いて怒鳴る。

「クソガキどもが、こうなったらまとめて礼儀を教えて——！」

真っ赤になったオヤジは不意に言葉を止め、自分の手を見る。

ついさっきアンリエッタの髪を摑《つか》んだ手。それは花びらのような氷片に覆われていた。

「ひっ……！」

オヤジが度肝を抜かれる。

「彼女たちは仲間じゃない」

アンリエッタは淡々と言った。

「聖法《せいほう》は近接戦闘に不向き、というのは一般論。祝詞《のりと》を唱える時間がないのなら、あらかじめ唱えておけばいい」

「な、何をやった、おまえ……⁉」

片手だけではない。

オヤジの剣もいつの間にか氷片に覆われ、使い物にならなくなっていた。さらに氷は現在進行形で侵食し、オヤジの手首、肘とどんどん凍らせていく。

「私の聖法《せいほう》はとうに、おまえが来る前から発動している」

アンリエッタの頭で氷の花が揺れる。

そんな馬鹿な、とオヤジの顔が歪《ゆが》んだ。

「うわあっ、腕が凍る……！　誰か助けてくれえ！」

両腕が凍りつき、すっかり取り乱したオヤジは一目散に走り去っていった。

ステラはほっと息をついて、アンリエッタのほうを見る。

青髪の少女はふい、と目を逸《そ》らした。


「アンリエッタさん、すみません。大通りに転がっていった果物、これしか拾えませんでした……」

フィーナがイチゴとラズベリーの入ったカゴを差し出す。

それを一瞥《いちべつ》するなり、アンリエッタは言った。

「いらない」

「え？」

「それだけ汚れてたら商品にはならない」

あ……、とフィーナがカゴを抱えて俯《うつむ》く。

アンリエッタは壊れた屋台と、落ちて土がついた果物たちを見つめていた。やがて彼女は果物をぞんざいにカゴに入れ始める。

「これからどうするのよ、アンリエッタ」

「屋台を片付けて帰る」

「まだマーケットの営業時間は終わっていませんよ……？」

「売るものがない」

そう言われてしまえば、ステラもフィーナも返す言葉はない。

立ち尽くす二人に、アンリエッタは目を向ける。

「あなたたち、売り子をする私を嘲笑《あざわら》いに来たの？」

「なっ、違うわよ！　わたしたちは意地悪でここに来たんじゃないわ。その証拠にさっき、加勢してあげたでしょ？」

「あの程度の加勢なら、ないほうがマシ」

「あんたねえ、人の好意を何だと思って……！」

「格上貴族のお抱えとトラブルになったら面倒」

「は……？　何それ。わたしたちのことを心配して――」

「世間知らずの後始末をしたくないだけ」

「誰が世間知らずよ――っ！」

地団太を踏むステラを放り、アンリエッタは壊れた屋台を引いていく。

賑《にぎ》やかなマーケットは屋台が一つなくなったところで、何も変わらない。観光客の間でぽつんと浮いた、孤独な背中。

俺は思わず声を上げていた。

「待った！　待ってくれ……！」

アンリエッタの足が止まる。

「売り子なんて慣れないことをしてでもカネが必要だったんだろ⁉　諦めるにはまだ早い。何か方法があるはずだ！」

「オタク⁉」とステラが慌てる。

「あ、あんた何勝手に声出してるのよ……」

ステラが囁《ささや》いてくる傍《そば》で、アンリエッタは言った。

「手練《てだ》れの聖法《せいほう》使い、あなたも私を尾《つ》けてきたの？」

ステラもフィーナもヘンな顔になる。

「手練《てだ》れの……？」

「聖法《せいほう》使い、ですか……？」

アンリエッタはこくりと頷《うなず》く。

「以前、私の部屋に着替えを覗《のぞ》きに来た」

「待て待てストップっ！　違うんだ！　俺は例として着替えを挙げただけで、アンリエッタの着替えを覗《のぞ》こうとしたわけじゃない。誓って本当だ！」

ステラから殺気が立ち昇り、俺は必死で弁解した。殺気は引っ込んだが、ステラは不機嫌な様子である。

「なんでアンリエッタがあんたを聖法《せいほう》使いだと思ってるのよ」

「ほら、前にアンリエッタに杖《つえ》を取られたときがあっただろ？　そのときに聖法《せいほう》使いと誤解されて――」

「杖《つえ》から声がする」

おおう！　と俺は叫んだ。

気付けばアンリエッタが杖《つえ》に顔を寄せている。長い睫毛《まつげ》が近い。

「これはどういうこと？」

あー、とステラが額に手を当てた。

「ここまでバレちゃったなら、しかたないわね……。あんたが話しているのは聖法《せいほう》使いじゃないわ。わたしの杖《つえ》にいる精霊よ」

「ありえない。精霊と音声による対話は不可能」

「信じたくなかったら信じなくてもいいけど。わたしもそのほうが都合がいいし」

「……精霊王を超えた、神に匹敵する精霊……？」

「いやいや、俺はそんな大層なもんじゃない。騎士《ナイト》階級のクソザコオタクだ」

「クソザコ……」

アンリエッタは真顔で考え込んだ。

脇道に逸《そ》れた話題を俺は元に戻す。

「俺の正体はともかくだ。今はアンリエッタの商売について考えよう。目下の問題は売るものがないことだろ？　だったら、商品を俺たちで作ればいいじゃないか！」

「何を言い出すのよ。商品を今から作るですって？」

「そうだ。ジュース屋みたいに屋台で調理しているところもあったじゃないか。商品を今から作ることは可能だ」

「オタク様、何を作るのですか？」

そう、それが一番の難題だ。

手元にあるのはわずかなイチゴとラズベリー。これをジュースにしたところで大した量にならない。それならいっそ、まったく新しいものを作ったほうがいい。

アンリエッタはまだ俺の正体を受け入れられないのか、杖《つえ》をじっと凝視してくる。

不意に彼女の頭に飾られた氷の花が目に入り、俺は閃《ひらめ》いた。

「そうだ、アンリエッタ。水を凍らすことはできるよな？」

「できる」

「なら、あとは俺がイメージすればいいだけだな。ステラ、土の聖法《せいほう》を唱えてくれないか？」

「何を始める気？」

「聖法《せいほう》で作ってみたいものがあるんだ。頼む」

「しかたないわね。――《土よ、在れ《テラリア・ザイン》》」

俺は日本で何度も見たことがあるものを思い浮かべた。土の精霊に呼びかけ、強く念じる。

土がキラキラと地面から立ち昇り、俺の前に積み重なっていく。やがてそれは一抱えもある物体になった。

俺は内心でガッツポーズする。

「よし、成功だ！　かき氷器ができたぞ！」

材質は石っぽいが、形は完全に俺が知っているかき氷器だ。

イメージ次第で土や鉄など、様々なものができるのを習ってから、俺が想像しているより聖《せい》法《ほう》は幅広いものが創れるんじゃないかと考えていた。俺の考えは正しかったわけだ。

「カキ……？」とステラたちは怪訝《けげん》な顔をしている。

「かき氷を知らないのか？」

「聞いたこともないわ」

「何でしょう。それは食べ物なのですか？」

「氷の種類……？」

三人全員が知らないところを見ると、この世界にかき氷は存在しないらしい。これは間違いなく商機がある！

「アンリエッタ、かき氷器の上のほうに空間があるだろ。そこにぴったり嵌《は》まる氷を作ってくれ」

「……《水よ、在れ《アクアリア・ザイン》》」

「ステラは横に付いてる取っ手を回してくれ」

「はあ？　なんでわたしがそんなこと――」

「本当は俺が回したいけど、棒立ちしかできないんだよ」

「もう、人使いが荒いわね」

口を尖《とが》らせつつもステラは取っ手を回してくれる。ゴリゴリと氷は削れているようだ。期待が高まる。

「フィーナ、近くの屋台で砂糖を買ってきてくれないか」

「はい、オタク様」

山盛りに削った氷。その上からシロップ代わりの砂糖水をかけて、周囲にイチゴとラズベリーを添えれば、かき氷の完成だ。

「さあ、三人とも試食してみてくれ」

三つかき氷ができて、俺は言った。

作った俺自身は味見できないから、三人に判定してもらうしかない。

少女たちはスプーンで氷をすくって口に入れる。

「んっ！　ただ氷を削って砂糖をかけただけなのにイケるわ……」

「今日みたいな暑い日にぴったりのデザートですね。見た目も可愛《かわい》らしいです」

「冷たい。甘い。美味《おい》しい」

なかなか好評のようだ。

「これを今から三人で売る……あ、いや、アンリエッタはかき氷を作るのに専念してくれ。売り子はステラとフィーナがやるから」

頷《うなず》いたアンリエッタはゴリゴリと氷を削り始めた。

フィーナは道行く人々に笑顔で声をかける。

「冷たくて美味《おい》しいデザートはいかがですかー！　食べるとさっぱりしますよー！　ここでしか食べられない珍しいデザートですー！」

物腰が柔らかく、愛嬌《あいきょう》もあるフィーナは売り子として打ってつけだ。彼女が声を出す度に屋台には続々と人が並んでいく。

その横でステラは、

「そこのあんた！　かき氷を食べたことがある？　ないなら、ここで食べていくのね。かき氷を知らなかったら後悔するわよ。べ、別にあんたに食べてほしくて言ってるわけじゃないんだから。勘違いしないでよね！」

独特の呼び込みをしていた。

それでもステラに指さされた男たちはいそいそと引き返して屋台に向かっている。同志の姿を俺はそこに見た。

（万全だ……！　フィーナとステラがいれば大抵の客を集められる。これぞ完璧な布陣！）

瞬《またた》く間《ま》に屋台には長蛇の列ができ始める。

かき氷屋は大盛況で、マーケットの時間が終わるまで三人の仕事は続いた。

赤く染まった空で鳥が鳴いている。

アンリエッタは集金用の袋を見下ろし、ぽつりと呟《つぶや》いた。

「すごい。屋台の弁償代を払っても十分お釣りが来る」

それからアンリエッタは中にある銀貨を三等分して袋に入れると、二つをステラとフィーナに差し出す。

「分け前」

「は？　いらないわよ」

「そうですよ。あたしが買ってきたお砂糖代はもうもらいました」

「仕事をしたのに、対価を払わないわけにはいかない」

「普段は性格悪いのに、妙に律儀《りちぎ》じゃない」

「あたしたちは元々おカネを稼ぐために来たのではないですから。そのおカネはアンリエッタさんが使ってください」

アンリエッタがわずかに眉を寄せた。

「……怪しい」

「怪しいって何よ！　わたしたちが手伝ったのはあんたを勧誘するためよ。あんたが聖法《せいほう》競技会で一緒に戦ってくれるなら、これくらい安いもんなんだから！　……あ」

(俺たちの目的を明かすのはもっと後、アンリエッタと確実に仲良くなってからのほうがよかったと思うが……)

ステラもそれに気付いたのか、わたわたと両手を振る。

「な、何も恩を売ろうってわけじゃないのよ。ただ、その、水の大精霊の力がわたしたちには

「必要で……」

「それを恩を売ると言う」

うう、とステラが呻き、押し黙った。

どうやら不器用ツンデレにアンリエッタの懐柔は荷が重かったようである。ここは俺の出番だ。

「アンリエッタ、悪いが俺は、キミが聖法《せいほう》を使って弟と話すところを偶然見てしまったんだ」

「っ！」

「今日俺たちがパルハマーケットに来たのは、キミの助けになりたかったからだ。二人がカネを受け取ろうとしないのも、キミの家の事情を察してのことだ。俺たちの好意をわかってほしい」

好意？　とアンリエッタは訊《き》き返す。

「そうだ。俺たちはキミと仲良くなりたい。それに今日半日一緒にいて、ステラは台詞《せりふ》こそツンツンしているが、困っている人を見過ごせないタイプだって、気付かなかったわけじゃないだろう？」

「――」

アンリエッタが沈黙した。

ステラが横で「違っ……！　わ、わたしは別にあんたと仲良くなりたいわけじゃないんだからっ。ただ成り行きで手伝ってあげただけで、勘違いしないでよね！」と言っている。非常にわかりやすくて助かる。

アンリエッタが長く息をついた。

「……謝る。あなたたちを誤解していた」

謝罪の言葉が出てきて、ステラもフィーナも目を瞬《またた》かせる。

「アントーサに入学して以来、私に近付く生徒たちは皆、私の退学を望んでいた。あなたたちもそうかと思った」

それでアンリエッタはステラたちを警戒して頑《かたく》なに拒んでいたのだ。

「留年したのも、その生徒たちのせいか？」

「そう。元ルームメートが落としたブローチを拾ったら、言いがかりを付けられた。返した際に彼女はわざとピンに刺さり、私を大仰に訴えた」

「え。ま、待ってください。アンリエッタさんが人を刺したっていうのは……？」

「私がブローチのピンで刺した、ということになっている」

フィーナが唖然《あぜん》とする。

「ブ、ブローチですか……あははは……」

「よかったな、フィーナ。アンリエッタは全然危険な生徒じゃなさそうだぞ」

俺は最初から気付いていた。彼女が聖法《せいほう》で作る氷の剣はまったく鋭くないのだ。鈍器としては使えるが、人を刺すための剣ではない。

「部屋のドアを凍らせていたのも、もしかして他の生徒を警戒してたってわけ？」

「ああしておかないと嫌がらせを受ける」

「虫やネズミの死骸を部屋に放り込まれたりとか？」

「そう。……嫌がらせに詳しい？」

「わたしもかつてやられたからよ。足が付かないようにやれることって限られてるわよね」

ステラは当時を思い出しているのか仏頂面《ぶっちょうづら》になっている。

「私は、父が魔法を使った『邪《よこしま》な血統』だ。それでも友人になれる？」

「あんたがどーしても友達になりたいって言うなら、なってあげないこともないわ」

真《ま》っ直《す》ぐ見つめてくるアンリエッタに対し、ステラはそっぽを向いて返す。相変わらずのツンデレだ。

アンリエッタの口元が少しだけ緩んだ気がした。

彼女はステラとフィーナにカネの入った袋を押しつける。

「分け前は受け取って」

「なんでよ⁉　わたしたちに借りは作らないってこと⁉」

「友人とは対等でいたい」

「それって……！」

アンリエッタは二人を友人として認めたということだ。

「じゃ、じゃあ、聖法《せいほう》競技会は……？」

「出てもいい」

ステラとフィーナは顔を見合わせた。

「やったー！　水の大精霊よ！」

「これでクインザ様たちに勝てる可能性が出てきましたね！」

「何言ってるのよ。勝つに決まってるでしょ。こっちにはなんてったって、アンリエッタがいるんだから。クインザの炎なんか一瞬で消してやるわよ！」

二人は手を取り合って盛り上がっている。

俺も感無量だ。ここまで来るのにどれだけかかったことか。アンリエッタを仲間にするのがここまで大変だとは思わなかった。

皆が盛り上がっている中、アンリエッタが「炎……？」と訝《いぶか》しむ。

「そうよ。あんたは大量の水でクインザの火を消す役目よ」

「それはできない」

え、とステラが固まった。

フィーナも俺もアンリエッタに注目する。

「できないって、どういうこと……？」

「私の心は決して溶けない。私の水の聖法《せいほう》は必ず氷になる。水は出せない」

「え。で、でもっ、氷を出せるなら火を消すことだって――」

「火に氷をかけても溶かされて終わり」

「「……」」

「……」

重い重い沈黙がその場を支配していた。

営業が終了して屋台も人もいなくなった大通りに空っ風が吹き、ステラの手にあるカネの袋がドサッと落ちる。

「……う、う、嘘《うそ》でしょ――っ!?」

ステラの絶叫が夕焼け空に木霊《こだま》した。

三章　オタクに何の下心もなく笑顔で近付いてくる美少女は存在しない、と俺は言った。

ある日の早朝。

聖法《せいほう》競技会の練習のためにステラとフィーナが校庭へ行くと、先客がいた。

「ミカエラ、どうして風がこんなに弱いのかしら⁉　わたくしの火がきちんと広まらないでしょう⁉　サーシャも純度の高い油を作れていないわ。これだからわたくしの火力が上がらないのよ！」

悪役令嬢クインザと、その取り巻き二人である。

クインザは苛立《いらだ》っているようで、ヒステリックに取り巻き二人を怒鳴りつけていた。

「このままじゃ競技会でステラたちを瞬殺できないでしょう⁉　相手は平民なんだから、大差で勝たないとまたお父様に叱られてしまうわ。ただでさえ最近、妙なことが起こるせいで授業でもステラに後れを取っているというのに……！」

「クインザ様、教会にお祈りに行ったほうがいいのでは……？」

「わたくしの祈りが足りないとでも言うの⁉」

「い、いえ、そういうわけでは……」

「見なさい、これは先日、女神様のご加護を得るために大教会で買ったペンダントよ。これ一つであなたの実家の屋敷《やしき》が建つくらいの価値があるんだからね。ここまでしてるのに、どうしてわたくしの祈りが足りないのよ！」

「申し訳ありません……」

ザッとステラの足音が鳴って、クインザは弾《はじ》かれたように振り向いた。

ステラたちを認めるなり、彼女は一転して高慢な笑みを浮かべる。

「おーほっほっほ、何をしに来たのかしら、あなたたち」

扇子でパタパタと煽《あお》ぐ悪役令嬢。なんとも余裕のある仕草だ。

彼女の胸元には、微笑した女神が刻まれたペンダントがあった。金色にギラギラと輝いていて、俺的には悪趣味だと思う。

フィーナがおずおずと答える。

「その、聖法《せいほう》競技会に向けて――」

「律儀《りちぎ》に答えなくていいわよ、フィーナ。どうせ何を言ったってバカにしてくるだけなんだから」

ステラはクインザに取り合う気はないようだ。悪役令嬢たちから離れるようフィーナを促す。

クインザは鼻を鳴らした。

「練習なんて無駄なことよ。聖法《せいほう》競技会で勝つのはわたくしたちと決まってるんだもの。聖法《せいほう》ド素人《しろうと》と田舎貴族がどれだけ頑張ったところで――」

「遅くなった」

「ひいっ⁉」」

　ステラの後ろから青髪の少女アンリが現れ、クインザが悲鳴を上げた。クインザたちは一斉
にずざざざ、と距離を取る。

「ななな何故、ラズワルドがここに……⁉

「そんなの同じグループだからに決まってるでしょ」

「何ですって……？」

　愕然《がくぜん》とするクインザ。

　振り向いたステラは腰に手を当てる。

「遅いわよ、アンリ。何してたのよ」

「売店でルーレットグミを買っていた」

「えっ、あんたもそういう大衆的なお菓子、食べるのね。なんか意外だわ……」

「毎朝、食べるのが日課」

「アンリさん、後で少しわけてほしいです」

「了承した」

　三人が親しげに会話する様をクインザたちは唖然《あぜん》と眺めていた。

「マズくないですか、クインザ様……？　ラズワルドって魔法を使うんですよね？　ユーベル

夕家より厄介なんじゃ……」

「邪《よこしま》な血統……危険な相手……」

「っ、二人とも、何を怖気付《おじけづ》いているのよ！」

弱音を口にする取り巻きたちに、クインザは檄《げき》を飛ばす。

「わたくしはフランツベルよ。邪《よこしま》な血統なんて取るに足らないに決まってるでしょう！　たとえ向こうがま、魔法を使ってきたとしても――」

ふと、アンリが悪役令嬢のほうを見た。

冷たい目に見据えられただけでクインザは黙りこくってしまう。

「今日はこの三人と模擬戦？」

「わっ、わたくしが平民相手に模擬戦をするとでも？　相手にならなくてよっ」

「どっちが勝つほう？」

クインザの顔に朱が差した。

わなわなと拳を握った彼女は派手な巻き髪を翻《ひるがえ》すと、ドスドスと去っていく。取り巻きたちはクインザを慌てて追った。

ステラは親指を立てる。

「言うじゃない、アンリ」

「普通に会話しただけ」

「クインザ様はアンリさんが水を出せないこと、知らないのでしょうか？」

フィーナが首を傾《かし》げる。確かにアンリの水の聖法《せいほう》がクインザに効かないとわかれば、もっと強気に出そうなものだ。

「おそらく知らない」

アンリは淡々と言う。

「ラズワルドの私に欠陥があるとは、誰も思っていないはず」

「勝手に向こうがビビってくれるんだから好都合だわ。クインザもあっちに行ったことだし、わたしたちも練習するわよ」

ステラたち三人は校庭の一角を陣取った。

「行くわよ、アンリ。火の精霊よ、崇高なる女神の名の下に契約を果たしなさい。《火よ、在《イグナリア・ザ》れ《イン》》！」

「《水よ、在れ《アクアリア・ザイン》》」

少女二人の詠唱が重なる。

ステラの杖《つえ》の先から火球が、アンリの杖《つえ》の先から氷球が生まれた。

「頑張ってください、お二人とも！」

少し離れたところでフィーナはエールを送っている。

ステラとアンリはそれぞれ火球と氷球を近付けた。二つの球が接した途端、ポタポタと水滴が地面に落ちる。ステラがガッツポーズした。

「水ができ始めたわ！　この調子で球を重ねるわよ」

「了解」

二つの球が完全に重なる――瞬間、ジュッと音がして氷球は跡形もなく消えてしまった。

「あっ……」

「消えた」

「嘘《うそ》でしょ、また失敗⁉」

がっくりとステラが肩を落とす。

アンリの水の聖法《せいほう》は自動的に氷になってしまう。その事実がわかり、ステラたちは話し合った結果、火の聖法《せいほう》と組み合わせることでどうにかできないか？　という結論になったのだ。

氷なのだから溶かせば水になるだろう。ワンクッション挟むことにはなるが、それでも威力の高い水の聖法《せいほう》ができるに違いない。

そう思って、まずは火球と氷球を組み合わせて水球を作る練習をしているのだが。

アンリは水滴が落ちた地面を手で触っている。

「何してるのよ、アンリ」

「手が汚れてしまいますよ？」

「……氷が落ちている」

土に交じって、小さな氷の粒があった。それを見つめ、アンリはぽつりと言う。

「この練習、意味がないかもしれない」

「どういうことよ？」

「溶かしてできた水滴がまた凍っている。何度溶かしても無駄」

「それって、あんたの出した氷は溶かしたところでまた凍るってわけ……？」

「少なくとも、火の聖法《せいほう》で溶かすのは意味がない」

ああ、とステラが頭を抱えた。

「聖法《せいほう》競技会が迫ってるっていうのに……！」

「本当に氷になってしまうんですね……。あっ、ということは、もしかして以前一緒に大浴場の掃除をしたとき、床を凍らせたのは意地悪ではなかったのでは……？」

「氷を出すつもりはなかった」

「そういうこと？　……って、ちょっと待って。氷にするつもりはなくても、氷しか出ないってわかってたら、ああなるのは予測できたんじゃ⁉」

「予想はしていた。別に床を凍らせてもいいと思った」

「やっぱり意地悪だわ！」

アンリは自分の杖《つえ》を見下ろす。

「すまない。役に立てないなら、私はグループから抜ける」

「抜けるですって？　そんなの認めないわよ。勝手に抜けたら許さないんだからね！」

「そうですよ、アンリさん。あたしも土属性しか使えないのにグループにいるんですから。アンリさんが氷しか出せなくても大丈夫ですよ」

「……お人好《ひとよ》しと劣等生」

「今なんか悪口言わなかった⁉」

「事実を言っただけ」

「もおお、アンリ！　あんたのそういうとこ全然変わらないのね」

ステラに指を突きつけられても、アンリは涼しい顔だ。

俺は三人の様子を見て、微笑《ほほえ》ましい気持ちになる。

（アンリも大分、馴染《なじ》んできたみたいだな）

愛称の「アンリ」で呼んで、と言い出したのは彼女のほうからだった。さすがクーデレ、心を許した相手にはちゃんとデレてくれる。

「火の聖法《せいほう》がダメなら光の聖法《せいほう》を使うわ。……行くわよ、アンリ。《光よ、在れ《ルクサリア・ザイン》》！」

「《水よ、在れ《アクアリア・ザイン》》」

「頑張ってください！」

ステラたちの練習は始業前まで続いた。

「もう無理……水が出ないなんて絶望的だわ……」

実験室で大釜を混ぜながら、ステラはすっかり意気消沈していた。

朝の練習は結局、成果が出なかったのだ。火を使っても光を使っても、アンリの聖法《せいほう》は凍ってしまい、水にならない。

ちなみに今は『聖法薬学《せいほうやくがく》』の授業中である。

メルヴィア先生の指導の下、さっきから生徒たちは指定されたものを大釜に投入して煮込んでいる。大釜の中は毒々しい色の液体が湯気を立てていた。

「……せっかく出場権を手に入れたのに、初戦敗退なんて……」

「ステラさんっ、次はイモリのゲップを入れるそうです。風属性なのでお願いします」

「……はああ、わたしの優勝する夢が……」

「ステラさんっ」

クインザへの対抗策がなくて、ステラはひどくショックを受けているようだ。フィーナの声も耳に入っていない。

茫然自失《ぼうぜんじしつ》のステラに代わって、アンリが唱えた。

「《風よ、在れ《ウエナリア・ザイン》》」

大釜の中の液体がブクブクと泡立った。

（これがイモリのゲップ……？）

よくわからないが、フィーナはほっと胸に手を当てた。

「助かりました、アンリさん」

「自分の課題だから、やるのは当然」

「あ、次はフクロウのため息だそうです」

「《風よ、在れ《ウエナリア・ザイン》》」

アンリが唱え、大釜の中の液体がさざめいた。

「何なんだそれは……イモリのゲップだとか、フクロウのため息だとか」

思わず声を出してしまった。

実験室はひどく賑《にぎ》やかだ。グループごとにそれぞれ大釜を囲んでいて、皆、和気藹々《わきあいあい》と実験をしている。こっちに注目している生徒はいない。

「イモリのゲップはイモリのゲップ」

「そんなよくわからないものが聖法《せいほう》で作れるのか？」

「聖法《せいほう》で作れないものはない」

「イモリのゲップとフクロウのため息が同じ詠唱だったが……？」

「詠唱が同じでも、イメージが違えば違うものができる」

言われてみれば、土も鉄もかき氷器も同じ《土よ、在れ《テラリア・ザイン》》で作れるのだ。ゲップとため息が同じ詠唱でもおかしくはない。

「アンリさんは風属性の聖法《せいほう》も使えるのですね。羨ましいです」

「どの属性も簡単な聖法《せいほう》なら使える。そんなの当たり前」

「じゃあ、アンリさんがちゃんと使えないのは水属性だけなのですね。元水の一族なのに、不思議ですね」

(おおい、もうちょっと言い方ってものがあるだろ……!)

無自覚天然を炸裂《さくれつ》させたフィーナにも、アンリは表情を変えなかった。

「その通り」

低く返したアンリは目を伏せる。青髪に挿さった氷の花だけが微《かす》かに震えた気がした。

「そもそも、どうしてアンリは氷しか出せないんだ？」

妙な空気になりそうだったので、俺は慌てて訊《き》く。

「自分のイメージ通り聖法《せいほう》が使えないって、普通のことじゃないんだろ？　ステラと同じように体質的な問題とか──？」

「私の水が凍り出したのは、父が魔法を使った罪で処刑された後から」

フィーナが絶句した。

俺も一瞬、言葉に詰まる。

「……すまん。場を取り繕おうとして、さらに暗くさせてしまった……」

「構わない。同じグループとして知っておくべきことだと思う」

他人事《ひとごと》のようにアンリは平静に語る。

「五年前のあの日、父が火刑になり、私を取り巻くすべてが変わった。爵位も屋敷《やしき》も領地も失い、慕われていた領民からは石を投げられた。気付けば私の心は凍りつき、得意だったはずの水の聖法《せいほう》は氷に変わっていた」

「心が凍りつく、とはどういうことでしょう……？」

「胸の奥が硬くて冷たくて小さくなった感じ。……上手《うま》く言えないけど、嬉《うれ》しいとか楽しいとかの感情が、心に入っていかない」

幼いアンリにとってトラウマ級の出来事だったのは想像がつく。

「ラズワルドの私が水を扱えないのは困るから、治そうと思って様々な場所を巡った。女神様の罰という人もいれば、魔法による呪いという人もいた。信仰心の問題、奇病、教会への寄進が足りないという人も――」

言いながらアンリは掌《てのひら》を出す。《水よ、在れ《アクアリア・ザイン》》と小さく詠唱した。

掌《てのひら》に現れたのは氷の欠片。

アンリが微《かす》かにため息をつく。

「もしかしたら次は水になるんじゃないかと思って、毎日聖法《せいほう》を使う。でも、もうずっと凍ったまま」

「結局、治し方はわからないんだな」

アンリは頷《うなず》く。

ボンッ、と実験室の一角で何かが破裂したような音がした。

きゃあっ、と悲鳴が上がり、生徒たちの視線が集まる。

大釜の一つが火を吹いていた。

「どうして……さっきまで順調だったでしょう⁉　わたくしの完璧な調合がどうして引火するのよ……！」

燃える大釜を前に、半狂乱になって叫ぶクインザ。その胸元では女神のペンダントが輝いている。

俺は気付いてしまった。クインザのペンダントにある女神の顔が、冷酷な笑みに変わっていることに。

メラメラと燃える炎がさらに激しくなる。

直後、大爆発が起きた。視界がオレンジ色の炎に包まれ――。

（ヤバい……死ぬ！）

「あら～大変。《水よ、在れ》《アクアリア・ザイン》！」

状況にそぐわない呑気《のんき》な声がして、次の瞬間、生徒たちは全員、廊下にいた。

「え……？」

ステラがやっと我に返る。

「何が起こったの……？」

戸惑っているのは、ぼーっとしていたステラだけじゃなかった。他のクラスメートたちも何《な》故《ぜ》、自分たちが廊下にいるのかわからないでいる。

「メルヴィア先生の『水の手』が私たちを運び出した」

アンリが自分の肩を見て言った。

生徒たちの肩や腕には、青白い手が絡《から》みついていた。ホラー映画なら生徒全員が殺されているところだが、メルヴィア先生が作った手は全員を教室から退避させたらしい。

「消火完了しましたわ」

実験室からメルヴィア先生が出てきた。

「被害は最小限に抑えましたが、この実験室はもう使えませんわね」

興味本位で室内を覗《のぞ》き込んだ生徒たちがぎょっとする。

実験室の内部は真っ黒に焦げついていた。あのまま室内にいたら俺たちは皆、助からなかっただろう。

メルヴィア先生は生徒たちを見渡し、クインザに目を留めた。悪役令嬢は俯《うつむ》き、拳を握って震えている。

「クインザさん、火元は貴女《あなた》の大釜だったようですが――」

「わたくしは調合を誤っていませんっ！　わたくしは毎回、予習をして授業に臨んでいます。調合も火加減も間違うはずがありません！　いきなり大釜の中が光ったんです。引火したのはわたくしのミスでは……！」

「落ち着いてください、クインザさん」

金切り声で捲《まく》し立《た》てる悪役令嬢を、先生は手で制した。

縋《すが》るような視線を向けるクインザに、しかし先生は首を振る。

「聖法《せいほう》のコントロールは熟練の聖女ですら難しいものですわ。フランツベル家の貴女《あなた》が火のコントロールを誤ったとは思いませんが、聖法薬《せいほう》が爆発して実験室を破壊したのは事実。残念ですが、学則に則《のっと》って罰則《ペナルティ》を科し、減点となりますわ」

クラスメートたちがざわつく。

これで何度目だろうか。女神の思惑によってクインザが減点されるのは。

(こんな形でステラの成績が上がるのは望んじゃいないんだけどな……)

女神はクインザを狙い撃ちしている。ステラの障害になりそうな生徒はクインザくらいなのだから、そうなるのも当然なのかもしれない。いくらステラと仲が悪い悪役令嬢でも、ここまで女神に冷遇されればさすがに不憫《ふびん》に思えてくる。

くっ、とクインザが歯噛《はが》みした。胸元のペンダントをきつく握り締める。

「……わたくしは、わたくしは何もミスしていませんわっ！」

叫ぶなり、悪役令嬢は廊下を駆けた。

「クインザ様⁉」

取り巻きたちも彼女を追って走り出す。

焦げ臭い廊下に沈黙が下りた。

「……この聖法薬《せいほう》の作成中に爆発事故など事例がないのですが……本当に、この学年は不思議なことばかり起きますわ」

メルヴィア先生は三人が消えたほうを見てボソっと呟《つぶや》く。それから顔を前へ戻すと、気を取り直すように言った。

「聖法薬《せいほう》を作り直す時間はまだありますわ。さあ、第二実験室へ移動しましょう」

「はい、聖法薬《せいほう》の完成ですわ、皆さん」

第二実験室にて。

ステラたちは再び聖法薬《せいほう》を作り直していた。

今度は皆が問題なく作れたようだ。全員の大釜を見て回ったメルヴィア先生は、満足げに頷《うなず》いている。

「これは一定時間、自分の姿を変える聖法薬《せいほう》ですわ。薬を飲んで唱えましょう。『女神の恩恵は我にあり。《水よ、在れ》《アクアリア・ザイン》《火よ、在れ》《イグナリア・ザイン》《光よ、在れ》《ルクサリア・ザイン》』自分の身体《からだ》が作り変えられる様をイメージしてください」

途端に騒がしくなる室内。

生徒たちは皆、変身の聖法薬《せいほう》にワクワクしているようだ。

「あら〜、静かにしてください。皆さんは聖法薬《せいほう》を使うのは初めてでしょうから、今回変身する対象はウサギとしますわ。くれぐれも危険な生物にはならないようにしてくださいねえ」

メルヴィア先生が言い終わるや否《いな》や、クラスメートたちは聖法薬《せいほう》を掬《すく》い始める。

フィーナも釜の中の液体をガラス瓶に入れ、うわあ、と顔をしかめた。

「これ、本当に飲んでも大丈夫なのですか？　ひと月放置したパンに付く青カビみたいな色してますけど……」

「的確な喩《たと》え」

アンリも飲むのに抵抗があるのか、液体の入ったガラス瓶を持ったまま動こうとしない。

「色なんか気にしてられないわ。わたしは飲むわよ」

ステラはガラス瓶の液体をゴクゴクと一気に飲み干した。

（おお、チャレンジャー……！）

「ス、ステラさん、それはお水じゃないですよ!?」

「後で味を教えて」

カビ色の聖法薬《せいほう》を飲んだステラは唱える。

「女神の恩恵は我にあり。《水よ、在れ《アクアリア・ザイン》》《火よ、在れ《イグナリア・ザイン》》《光よ、在れ《ルクサリア・ザイン》》」

（えーっと、確かウサギに変身するんだったよな。ウサギか、ステラがウサギ……）

ぱああっとステラの姿が光に包まれ——一瞬の後、そこには銀髪のバニーガールが立っていた。

「へ」

ステラが固まる。

身体《からだ》のラインがよくわかる、ぴっちりとしたレオタード。剝《む》き出《だ》しになった華奢《きゃしゃ》な肩、首元にあるチョーカー、網タイツに包まれた脚。自らの姿を見下ろしたステラは、沸々と赤くなっていき、

「なっ、どうなってるのよ、これえっ！」

涙声で悲鳴を上げた。

「オタクっ！　オタクでしょ!?　わたしにこんな破廉恥な恰好《かっこう》をさせるなんてオタクのせいに違いないわ！　そうなんでしょ、オタク!?」

「百パーセント俺のせいだと認めよう。しかし情状酌量の余地があるのも忘れないでほしい。

ウサギなんて言われたらバニーガールを想像してしまうだろっ。こうなってしまったのはいわば自然の摂理！　ツンデレバニー万歳っ!!」

「あああわけのわかんないこと言ってないで、早くウサギにしなさいよおっ！」

恥ずかしそうに身を捩《よじ》るステラの頭では、ウサ耳のカチューシャがぴょこぴょこ揺れている。

なんだこの可愛《かわい》い生き物……このイメージは永久保存だ。

「まだなの、オタクっ!?　こんな姿、他人に見られたら恥ずかしくて死んじゃう……！」

「すまない、ステラ。バニーガールのステラがあまりに可愛《かわい》すぎて、俺はイメージを消すことができないっ……！」

「バ、バカなの!?　冗談を言ってる場合!?」

「冗談じゃなくて俺は本気だ！　本気でツンデレバニーが愛らしいと思っている！」

「ううううるさいっ！　オタクの感想なんか聞いてないわよ……！」

ステラが慌てふためく横で、フィーナはステラをじーっと観察していた。それから、

「次、あたし行きます！」

片手を挙げて宣言した。ガラス瓶に口を付ける。

んぐんぐ、となんとか聖法薬《せいほう》を飲んだフィーナは唱える。

「女神の恩恵は我にあり。《水よ、在れ《アクアリア・ザイン》》《火よ、在れ《イグナリア・ザイン》》《光よ、在れ《ルクサリア・ザイン》》！」

フィーナが光に包まれ、新たな姿になった。

「じゃーん、ちゃんと変身できてますか？」

「おおおおおっ！」

「はあああああっ⁉」

俺とステラの声が重なる。

フィーナもバニーガールになっていた。彼女はノリノリなのか、両手を持ち上げてウサギのポーズまで決めている。そしてまたレオタードから零《こぼ》れそうな双球が眩《まぶ》しい。

「オタク様、あたしのウサギ姿はどうでしょう？　可愛《かわい》くなれてますか？」

「可愛《かわい》すぎるに決まってるだろ！　それ以上にすごいな……何とは言わないが、いつ見ても圧巻な――」

「バカバカバカッ！　変態ッ！」

ステラは俺を大釜に叩《たた》きつけて黙らせる。

こめかみに青筋を浮かべたバニーステラはバニーフィーナに詰め寄った。

「どうしてあんたまで破廉恥な恰好《かっこう》になってるのよ」

「オタク様がステラさんのウサギをとても褒めていましたので、あたしも同じものに変身しようと思いました」

「変態に褒められてどうすんのよっ。第一、こんなのウサギじゃないわ。どこにこんなヘンテコなウサギがいるのよ！」

「そうでしょうか……？　長い耳は付いていますし、尻尾だってほら、ちゃんと付いてます」

フィーナはくるりと背を向けて尻尾を示す。

ステラは赤くなってぷるぷると震えていた。

「耳と尻尾が付いてればいいってわけじゃないでしょ⁉　こんな露出の多い恰好《かっこう》……聖女を志す者としてあるまじき服装だわ！」

「聖典ヨハゼル書第三章十八節。巡礼に赴く者はローブを纏《まと》うべし。それが女神に仕える証《あかし》となる」

「そうよ、よくわかってるじゃない、アンリ――って、なんであんたまでその恰好《かっこう》なの⁉」

ステラがひっくり返りそうになった。

いつの間にかバニーガールに変身したアンリが無表情で佇《たたず》んでいる。

レオタードを着ると、彼女の長い手足がさらに強調される。クール美少女にウサ耳カチューシャとはなかなかシュールだ。

アンリは淡々と返答する。

「二人のイメージに引っ張られた」

「それならしかたないわね……なんて言うわけないでしょ⁉　三人揃《そろ》って変身に失敗しちゃったじゃない！」

「お揃《そろ》いの衣装ですね～」

「バニーガールが三人も並んでいるとは、なんて贅沢《ぜいたく》な光景なんだ」

「あんたたちねえ……！」

顔を真っ赤にしたステラは頭から湯気を噴いている。取り乱しているステラは可愛《かわい》い。胸元がささやかなのを気にして、さっきからずっと手で隠しているとこはもっと可愛《かわい》い。

「不思議な恰好《かっこう》。これは何のための服？」

アンリは冷静に自分のカフスを観察している。

どうやらこの世界にバニーガールは存在しない概念のようだ。

「まあ、給仕《きゅうじ》服の一種だな。接客係の女性を魅力的に見せるための服だ」

「魅力的？」

「実際、アンリのバニーはめちゃくちゃレベル高いと思うぞ。スタイルのよさが際立《きわだ》っているし、何よりその美脚！　大人っぽい網タイツが超絶似合っている。バニーガールなのに無表情ってとこもポイント高いな。俺は好きだぞ！」

「ん……」

ボタボタッと音がした。

何の音かと思ったら、アンリの頭にある氷の花がデロデロに溶けて、水が滴《したた》っている。

アンリはひどく照れているようだ。表情はいつもと変わらないが、微《かす》かに頬が赤い。

(待てよ。これ、もしかして――)

「あら〜、貴女《あなた》たち！」

甲高い声がしてメルヴィア先生が近付いてきた。

バニーガールがいるところに妖艶《ようえん》なメルヴィア先生が加わると、雰囲気は完全に大人の店みたいである。

叱責を覚悟して俯《うつむ》くステラ、のほほんとしているフィーナ、無表情で突っ立っているアンリ。

先生は三人のバニー姿をじっくりと見渡し、

「なんてキュートな恰好《かっこう》なのかしら。素晴らしいですわっ！」

興奮したような歓声を上げた。

「この衣装を最初にイメージしたのはどなた？　是非とも本校のコスチュームに採用したいので、デザインを——」

「絶対に嫌ですっ！」

＊＊＊

放課後。

俺は三人を誘って校庭にやって来た。引き続き、アンリの水が氷になる問題を解決するためである。

「よし、アンリ。今から水の塊を出してくれ」

「水じゃなくて氷になる」

「いいんだ。とりあえずイメージは水で頼む」

「わかった」

頷《うなず》いたアンリは《水よ、在れ《アクアリア・ザイン》》と唱える。

彼女の掌《てのひら》に氷球が現れた。

ステラはすっかり諦めモードだ。

「オタク、朝も試したでしょ。火でも光でも無理だったじゃない。他にどうやって——」

「まあ、見ててくれ」

俺は深呼吸すると、思いきり叫んだ。

「アンリの美脚、サイコ————っ!!」

「ん……」

ピクっとアンリの脚が動いた。

反応したのはアンリだけではない。

「なっ!?　このド変態、ついに見境がなくなったわね……！　アンリに不埒《ふらち》なことしたら許さないんだからっ」

「待て、ステラ！　俺を地面に叩《たた》きつける前にアンリの聖法《せいほう》を確認させてくれ」

「はあ？　時間稼ぎをしようったって──」

「わあっ、水です！　水になりました……！」

フィーナの明るい声が響き、ステラが振り向く。

アンリの掌《てのひら》には水球があった。ボタボタと水が校庭に滴《したた》っている。

「どうして……⁉　何が起こったの⁉」

「今日の授業中、俺は発見した。アンリが照れたとき、髪飾りの花が溶けていたんだ」

俺がアンリのバニー姿を褒めたときだ。

これまで一度も乱れたことのない氷の髪飾りが崩れていた。

「おそらくだが、アンリの水の聖法《せいほう》は心理状態が関係している。アンリ自身も自分の心が凍っていると自覚があるみたいだしな。アンリの心を強制的に熱くさせれば、聖法《せいほう》も連動して溶ける、というわけだ！」

「さすがオタク様、すごい推理力ですっ！」

「ちょっと待ちなさいよ。わたしにはオタクの言った仕組みがよくわからないんだけど……どうして照れると心が熱くなるのよ」

「ステラは俺の嫁！　世界一愛してる！」

「ふぁ⁉」

一瞬でステラは茹《ゆ》で上がったみたいに真っ赤になった。

「い、いきなり何てこと言うのよ……！　だだだ誰があんたみたいな変態と──」

「ほら、照れると全身が火照《ほて》るだろ？　心の中も熱くならないか？」

「え？　それは、確かに……って、わたしは照れてないわよっ！　オタクの言葉なんかで照れてないんだからー！」

膨れっ面《つら》でステラはぶんぶんと俺を振り回す。杖《つえ》の生活は大分慣れたが、だからといって目が回らなくなったわけではない。視界がグルグルする……！

掌《てのひら》の水をしばし見つめていたアンリは言った。

「……クソザコ」

しん、と辺りが静まり返り、アンリは俺を見て再度言う。

「クソザコ？」

「あ、俺を呼んでたのか！　すまん、気付かなかった」

「以前、クソザコと名乗っていた」

「そうだったな。年下のクーデレ美少女にクソザコ呼ばわりされるとか大歓迎だ」

「く一でれ？」

「いちいちオタクの言葉に突っ込まないほうが身のためよ、アンリ。どうせロクでもないことしか言わないんだから」

ステラが辛辣に口を挟んでくる。

まあ、事実なので俺も否定はしない。

「クソザコ、今から少し付き合って」

相変わらず抑揚のない声でアンリは言った。

「私の聖法《せいほう》を試したい場所がある」


校庭を出て、校舎の裏を進む。

アントーサの敷地《しきち》内だが、初めて通る道だ。両脇に植えられた樹《き》が覆いかぶさるように枝を広げているため薄暗く、妙に不安な気持ちにさせられる。耐えかねたのか、ステラが前を歩くアンリに言った。

「ちょっとアンリ、どこへ行くつもり？　そっちに何かあったっけ？」

「嫌なら帰っていい。私はあなたに来てとは言ってない」

チラ、と振り返ったアンリは俺を見る。

「私が誘ったのはクソザコだけ」

「はあ？　オタクはわたしの杖《つえ》なんだから、オタクを誘ったってことはわたしを誘ったってことよ」

「杖《つえ》を預けてくれてもいい」

「あんたよくもそんな提案できたわねえ……！」

「すまんな、アンリ。ステラが俺を離したくないように、俺もステラから離れたくないんだ。俺はステラの精霊だからな！」

「なっ、べ、別にあんたを離したくないわけじゃないわっ。勘違いしないでよね」

ふん、と顔を背けたステラが、どん、と前の背中にぶつかる。

「ちょっとアンリ、いきなり立ち止まらないで――」

「着いた」

言われてステラもフィーナも前方を見る。

そこには、ガラスでできたみたいな透明な建物がいくつも並んでいた。

「これは温室……？」

「先生たちが授業に使う植物を育ててる場所、ですよね？」

「そう。温室は教師用の他に生徒用もあって、申請すれば個人でも自由に使うことができる」

アンリは透明な建物の一つに近付き、鍵を開けた。

中に入ると、温室特有の熱気に包まれる。

「うわあ〜、温室初めて入りました。茶色い植物がいっぱいですね」

「茶色って枯れてるってことでしょ、フィーナ……」

フィーナの言う通り、広々とした温室は茶色くしおれた植物で埋め尽くされていた。壁際《かべぎわ》にある棚に並んだ植木鉢、地面に置かれたプランター、どこにも緑色はない。

温室の惨状を見渡したアンリは息をつく。

「また水を抜かれた」

「抜かれたって……？」

「私に対する嫌がらせ。やったのはおそらく去年の同級生。どうってことない」

「温室の様子、どうってことないようには見えないけど？」

すべての植物が枯れているのだから大問題だろう。

それでもアンリは首を横に振る。

「私が水を出せるなら些細《ささい》なこと」

アンリは干からびた植物に手を添えた。

「ラズワルドの元領地の大部分は乾燥地帯。本来なら植物は育たない。だけど、領民の多くは農業を営んでいた。それはラズワルド家が豊富な水を提供できたから」

青髪の少女がこっちを向く。

「クソザコ、私を褒めて」

お安い御用だ。

「クーデレはツンデレとはまた違った良さがあるな。無口だからこそ、デレたときの反応はとてつもなく可愛《かわい》い。無表情のまま髪飾りだけが反応して溶けるとか、もう最高――」

「ま、待ちなさいよ……！」

　ステラが慌てたように声を上げる。

「なんでオタクにそんなこと頼むのよ。褒めるんだったら、わたしやフィーナでもできるわ。そうよ、わたしたちが褒めてあげる――」

「いらない。クラスメートに褒められても嬉《うれ》しくない」

　言い切ったアンリに、ステラがたじろぐ。

「クソザコは精霊。女神様の眷属《けんぞく》。精霊に褒められるのは、女神様に認められるのと同義」

　アンリもこの世界の人である以上、女神への信仰は篤《あつ》いようだ。

「ででで̇もっ！　オタクはいかがわしいことばかり考えている変態よ。そんな不埒《ふらち》な存在に褒められて、あんたは嬉《うれ》しくなるって言うの⁉」

　食い下がるステラを、アンリはじっと見た。

「な、何よ……」

「クソザコに一番近いあなたが、彼を否定するの？」

「ひ、否定って……別にそういうわけじゃ……」

　反駁《はんばく》しようとしたステラは、言葉が続かず俯《うつむ》いてしまう。

「アンリ、ステラが貶《けな》すのは好意の裏返しだからいいんだ。俺はステラに貶《けな》されて幸せだ」

「ほらっ、変態だわ！　変態でしょ⁉」

アンリは俺とステラを見比べ、ぽつりと言った。

「……よくわからない」

ツンデレをいきなり理解するのは難しい。

それは俺も重々承知している。布教にはそれなりの時間が必要だ。

「よーし、アンリの聖法《せいほう》のために、ここからは褒めタイムだ！　俺がアンリの好きなところ、その一。毒舌クールなのに、身内や仲間に対しては思いやりがあるとこ。そういうギャップがぐっと来るんだよ。毒を吐いていた理由が実は仲間を守っていたとか最高だろ？　好きなところ、その二。精神的な強さ。他の生徒から避けられたり、謂《い》われのない罪を着せられたりしても、めげずに学園に通い続けるとかなかなかできることじゃないぞ。しかも、得意だった水の聖法《せいほう》まで上手《うま》く使えなくなってるんだろ？　これだけ逆境が重なっているのに、アンリはいつも頑張っていてエラい！　好きなところ、その三——」

「ん……もう大丈夫……」

消え入りそうな声がして、俺は言葉を止めた。

アンリは恥ずかしそうに俯《うつむ》いていた。彼女の髪飾りは壊れた蛇口みたいにダバダバと水を滴《したた》らせている。

一方でステラは俺を折れそうなくらい強く握り、「……変態変態変態っ……！」と呪詛《じゅそ》のように言っている。

アンリは静かに唱える。

「天の鉢は傾けられ、恩恵は大地へ降り注いだ。《水よ、在れ》《アクアリア・ザイン》」

ザアッ、と勢いよく大雨が降り始めた。

きゃあっ、とフィーナが身を竦《すく》める。しかし、すぐに彼女は「あれ？」と瞬《まばた》いた。フィーナはまったく濡《ぬ》れていない。少女たちには一切、雨が当たっていないのだ。

「雨粒一つ一つがアンリのコントロール下にあるんだわ……なんて緻密な聖法《せいほう》なの」

ステラが感心したように呟《つぶや》いた。

温室に降るはずのない雨をアンリは見上げていた。その目が大きく見開かれている。

「水……やっと出せた……」

震えた声。

彼女の目尻から透き通った水滴が零《こぼ》れるのが見えて、俺は息を呑《の》んだ。

涙を隠すようにアンリは雨の中を歩き、温室の中央にある池へ向かう。

池も水が抜かれていて、植物の残骸が散らばるだけだ。

そこにアンリは杖《つえ》をかざす。

「水の都には金銀、宝玉すべての富が集まった。《水よ、在れ》《アクアリア・ザイン》」

アンリの杖《つえ》に水が渦巻き、池の中央から綺麗《きれい》な水が噴き出した。

噴水のように湧き上がる水は瞬く間《またたくま》に池を満たし、睡蓮《すいれん》の花を浮かべていく。

アンリは棚に並ぶ茶色い植物たちを杖《つえ》でなぞった。なぞられた植物は瞬時に緑色を取り戻し、花が灯《とも》る。まるで手品みたいだ。

「うわあ、すごいです！　アンリさんの水でお花が咲き始めました……！」

「……違うわよ。これ、花が咲いたんじゃないわ」

え、とフィーナはステラを見る。

「その通り」

とアンリは杖《つえ》を振りながら言った。

「この花は全部、私の聖法《せいほう》が作った幻。水をあげてすぐ、花は咲かない」

温室はあっという間に花園になっていた。

アンリの水は温室の壁を駆け巡る。水に触れた枯れた植物は、生命に満ちた花となって温室を彩《いろど》っていく。

壁のすべてが花に覆われたところでアンリは杖《つえ》を下ろした。

ガラスの天井から差し込む陽光が、溢《あふ》れそうな花々を照らしている。

花々の楽園をアンリは言葉もなく見つめていた。

「この花はアンリの聖法《せいほう》なんだろ？」

俺の問いかけに、彼女は「そう」と答えた。

「じゃあ、せっかくこんなに綺麗《きれい》に咲かせても、少ししたら消えてまた茶色い植物に逆戻りなんじゃないか？」

「そうなる」

アンリは頷《うなず》いた後、

「だけど、こうして私が水をあげ続ければ、きっとまた故郷の花は咲く」

自分の杖《つえ》を背負った彼女は俺を振り返った。

「付き合ってくれてありがと、クソザコ」

「役に立てたみたいでよかった」

「また水を出すとき、褒めて」

「任せてくれ。美少女を褒めるのは得意なんだ」

ん……、と言ったアンリ。その口元が微《かす》かに綻んでいる。

それは初めて見た、彼女の和らいだ表情で。

（クール美少女が心を許してくれたときに見せる柔らかい微笑！　なんて貴重なんだ……尊さが極まっている……！）

誓ってツンデレ推しのオタクだが、クーデレもいいな、と思ってしまった。

「アンリさんが無事に水を出せるようになってよかったですね、ステラさん」

水の問題が解決して、フィーナがステラに笑顔を向ける。

が、ステラは見事な仏頂面《ぶっちょうづら》で「ふんっ」としか言わなかった。

＊＊＊

ルーレットグミとは、この世界で大人気のお菓子らしい。一つのパッケージにランダムな味のグミが入っていて、食べるまで何味かわからないのが特徴なのだそうだ。

昼休みの教室でアンリはルーレットグミの大袋を持ってきていた。

同じ机を囲むのはステラとフィーナだ。

アンリは大袋の商品説明を読んで言う。

「今回、追加された新味は馬糞《ばふん》味、ミミズ味、腐った木樽《きだる》味だって」

「ロクな味が追加されなかったわね」

「ミミズ味が想像できません。グミを作った人はミミズを食べたことがあるのでしょうか？」

「ルーレットグミがとんでもない代物だってのは俺にもわかった。なんでこれが大人気なんだ？」

クラスメートはアンリを恐れているので、近くには寄ってこない。それをいいことに俺はこそっと訊《き》いた。

「ちゃんと甘い味も入ってる」

「仲間内で食べると盛り上がって面白いんですよ。美味《おい》しい味からマズい味まであるので、皆の反応を見て楽しむというか……」

「そういう需要か。なんとなくわかった」

アンリは大袋から目を上げると、ステラとフィーナを見比べた。

「誰から行く？」

まるでこれから死地へ赴く順番を決めるみたいだ。

「はい！」とフィーナが元気よく手を挙げる。

「こういうとき、大体、最初は美味《おい》しいのを引き当てることが多いんです。クインザ様に強制させられたときもそうでした」

「クインザたち、そんなこともしてたの……」

ステラが呆《あき》れたように言う横で、フィーナはグミを一つ、口に入れた。

モグモグと噛《か》んだフィーナ。その顔が次第に青ざめていく。

「これ……これ、ミミズ味です！　ミミズが口の中にいますっ！　ううっ、水っ、気持ち悪いですぅ……！」

涙目になったフィーナは勢いよく席を立つと、水を求めて教室を飛び出していった。

残されたステラとアンリに重い空気が漂う。

「ルーレットグミの洗礼を受けたわね……」

「次、どっちが行く？」

「気乗りしないけど、わたしが食べるわ」

「ステラはルーレットグミが好きじゃないんだな」

大人気のお菓子らしいが、去年ステラがそれを食べているのは見たことがない。

「美味《おい》しい味だけだったらいいんだけど、マズい味も入ってるんだもの。そんな博打《ばくち》みたいなもの、わざわざ買って食べようとは思わないわ」

「堅実なステラらしいな」

「ふう、ひどい目に遭いましたー」

フィーナが戻ってきた。手には水の入ったコップを三つ持っている。

「ありがとう」

「気が利《き》くじゃない」

「油断しました。最初から水を用意しておくべきでした……」

フィーナが席に着き、ルーレットグミの会は再開する。

ステラはグミを口に入れた。

瞬間、ぱっと顔が明るくなる。

「甘い！　これはハチミツだわ！」

おお～、とフィーナが拍手した。つられてアンリもパチパチと手を叩《たた》く。

「それはかなりアタリですね」

「もう一個食べる？」

アンリがステラに袋を差し出した。

ハチミツの余韻に浸っていたステラが、うっ、と詰まる。

「……わかったわよ。美味《おい》しいのだけ食べて逃げるわけにはいかないわよね」

ステラは二個目のグミを食べた。

一瞬、眉をひそめたが、噛《か》んでいくうちにステラの表情が活き活きとしてくる。

「これはビーフシチュー味だわ！　すごくコクがあって美味《おい》しい。パンが欲しくなってきたわ！」

「またアタリですか。二連続でアタリなんて、ステラさんはツイてますね」

にこやかに言うフィーナ。アンリは無表情でステラを見つめている。

（これはもしや、「神に祝福された人生」の効果か……？）

なんだかそんな気がしてきた。こんな些細《ささい》な日常にまで介入してくるとは、女神はよっぽど暇なのか。それとも、よっぽどステラに着目しているのか――。

「もう一個」

アンリはステラに袋を差し出す。食べろ、という指示だ。

ステラは調子づいてグミを口に放り込んだ。

三個目は――。

「なんてことなの、信じられないわ。これは間違いなくイチゴパフェ！　ふわふわのホイップクリームに甘酸《あまず》っぱいイチゴとイチゴジャムが添えられ、スポンジケーキまである完璧なデザート！　こんな美味《おい》しいものが食べられるなんて最高だわ」

「はわわ、あたしまでヨダレが出てきました……」

グミを食べながらステラは頬を押さえてうっとりしている。

たった一粒でイチゴパフェまで再現してしまうとは。ルーレットグミはどうやら本当にすごいグミらしい。俺も食べてみたくなってきた。

「三連続で美味《おい》しいなんて、ルーレットグミはどうしたのよ。もしかしてアタリの割合を増やした？」

言いながらステラは大袋に手を伸ばす。

アンリがその手を避《よ》けるように袋を抱え込んだ。

「どうしたの、アンリ？」

「つまらない」

なっ、とステラが声を上げた。

「つまらないってどういうことよ」

「私の統計上、ルーレットグミは四分の三がハズレ。アタリを連続して引くことは滅多にない」

フィーナは横でうんうんと頷《うなず》いている。

「それでも引けてしまったということは、よほど運がいい証拠。これ以上やっても結果は見えてる。だから、つまらない」

「確かにあたしもつまらないと思います。美味《おい》しい味ばかりだと、反応を見ていてもあまり面白くないですよね」

「つまり、あんたたちはわたしがマズい味を食べて悶《もだ》える姿を見たかったってわけ？」

「意地悪で言っているんじゃないですよ。美味《おい》しいのもマズいのも、いろんな味が出て、それを楽しむというのがルーレットグミなのです」

「そういうこと。アタリしかないクジはつまらない」

ステラはいまいち同意しかねるのか、腕を組んでいる。

「そんだけハズレがあるってわかってて、なんでアンリはルーレットグミを買うんだ？　友達同士でグミを食べるのが面白いってのはわかるけど、アンリはその、一人で食べるときのほうが多かったんじゃ……？」

俺の質問に、アンリは一つ瞬《まばた》きをした。

「毎朝食べると、今日の運勢がわかる。それだけ」

朝の星座占いみたいなもんか、と思った。

「次、私が食べる」

アンリは宣言してグミを口に入れた。

二人が見守る前で、モグモグと口を動かした少女は淡々と言う。

「これは雑巾味」

げっ、とステラとフィーナが顔をしかめた。

無表情のままグミを呑《の》み込んだアンリは次のグミを取る。

「これは馬糞《ばふん》味」

うわあ〜、とステラが口元を押さえた。フィーナは「アンリさん、水どうぞ！　水っ！」とコップをアンリに押し付ける。

アンリは平然としていた。眉一つ動かさない。三個目のグミを口に入れる。

「これは辛《から》さ三千倍トウガラシ味」

「どっちがつまらないのよ！」

三種類とも無表情で食べ終えたアンリに、ステラがツッコんだ。

「どうかした？」

「ルーレットグミは食べた人の反応を楽しむものなんでしょ。あんたはどれを食べても無反応じゃない」

「とても辛《から》い」

「そんなことわかってるわよっ」

まあまあ、と俺は口を挟んだ。

「アンリはクールだからな。無反応でもかえってアンリらしくて面白いと思うぞ」

ステラがジロ、と俺を見た。

ん？　と思うが、ステラは「ふんっ」と顔を背けてしまう。

「そうですね。辛《から》さ三千倍トウガラシ味を顔色を変えずに食べられるほうがすごいと思います。

あたしには絶対真似《まね》できないです」

「水、もうなくなった」

顔に出なくても本当に辛《から》かったのか、アンリはコップの水を飲み干していた。

「あたし、入れてきますね」

「待って」

アンリは制止し、俺に顔を近付けた。

「クソザコ、褒めてくれる？」

なっ、とステラが目を剝《む》く。彼女は杖《つえ》を抱えてアンリから遠ざけた。

「どうしてオタクがあんたを褒めなきゃいけないのよ！」

「聖法《せいほう》で水を出すため、そうすることになったはず」

「それはっ、聖法《せいほう》競技会のときの話でしょ！　今あんたが飲む水を出すのに、聖法《せいほう》を使う理由はないわ」

「クソザコは私を褒めたくない？」

「いいや、俺は全然構わないが」

「は？　あんたまで何言ってるのよ」

ステラが犬のフンを見るような目でこっちを睨《にら》んでくる。だがそれは俺にとってはご褒美《ほうび》で、抑止力にはならない。

「アンリは睫毛《まつげ》が長くて綺麗《きれい》だな。近くで見つめられるとドキドキするぞ」

「ん……《水よ、在れ《アクアリア・ザイン》》」

アンリの杖《つえ》の先からチョロチョロと水が流れ、コップに注がれた。

ステラが「はっ、やっぱり変態だわ。よくもそんな不埒《ふらち》なことを考えられたわね」と横から言ってくる。

アンリはコップの水を飲み干すと、俺を見た。

「クソザコ、もう一回」

「トウガラシ味はよほど辛《から》かったみたいだな。……てことは、アンリは無表情を貫いていたのに心の中では悶《もだ》えてたのか？　それは可愛《かわい》すぎるだろ！」

「ん……《水よ、在れ《アクアリア・ザイン》》」

杖《つえ》の先からダバダバと水が出て、コップから溢《あふ》れた。褒め方によって水の出方が違うらしい。新発見だ。

ステラは「ふうん、それがオタクの趣味ってわけ？　わたしにはまったくわからないわねっ」と頰を膨らましている。

アンリはその水も飲み干し、俺を見た。

「……もう一回」

「う～～、いい加減にしなさいよっ！　水ならわたしが入れてきてあげるわ！」

我慢できなくなったステラがコップを持って立ち上がる。

アンリが「待って」と声をかけた。

足を止めるステラ。

アンリは一呼吸置いた後、何食わぬ顔で言う。

「もう十分飲んだから、いらない」

「はああっ⁉」

＊＊＊

聖法《せいほう》競技会の前日になってしまった。

いつもと同じ学校生活だが、ステラを含め生徒たちは皆、どこか浮足立っている。夕食の席ではあちらこちらで激励会が行われ、選手グループが盛り上がっている様が見られた。

その最中、

「――わたくしを馬鹿にしないでよっ！」

食堂中にクインザの怒号が響き渡った。

何事かと皆が注目する。

「どうしてわたくしに三連続で馬糞《ばふん》味が来るのよ！　あなたたちが仕組んだんでしょう⁉　そうに違いないわ！」

クインザは席を立って取り巻き二人を怒鳴りつけていた。何やらルーレットグミを食べてる際に揉《も》めたらしい。

「た、確かにそのルーレットグミを買ったのはわたしです。だけど、わたしのせいじゃありません、クインザ様。信じてください！」

「ルーレットグミの味をいじるのは不可能……」

取り巻き二人が必死にクインザに弁明している。

だが、クインザは聞く耳を持たないようだ。わなわなと震えた悪役令嬢は杖《つえ》を取る。

「よくもわたくしにふざけた真似《まね》をしてくれたわねっ。思い知るがいいわっ！　――《火よ、《イグナリア・》在れ《ザイン》》！」

クインザが取り巻き二人に火球を放つ――その瞬間、

「お止《や》めなさい、クインザさんっ！」

水の手がいくつも現れ、火球を受け止めた。クインザの火球は数多《あまた》の水の手に覆われてすぐに消えてしまう。

やって来たメルヴィア先生はクインザを冷ややかに見下ろした。

「……クインザさん、いくら名門フランツベル家とはいえ今の行為は見過ごせませんわ。自分の運の悪さを他人のせいにし、八つ当たりして杖《つえ》を向ける――とても聖女に見合った言動とは思えませんわ」

クインザは俯《うつむ》いて女神のペンダントを握り締めていた。その様子はとても納得している風ではない。

(なんだかクインザは疑心暗鬼になっているみたいだな……)

普通なら起こるはずのない不運が重なっていることで、彼女はルームメートにまで不信感を抱いてしまっている。まさか自分が信仰している女神こそが不運の原因だとは思ってもみないはずだ。

「学則に則《のっと》り、罰則《ペナルティ》を与えますわ。ついていらっしゃい」

さすがにクインザも先生相手に歯向かうことはしなかった。ぎり、と唇を噛《か》み締《し》め、クインザはメルヴィア先生に伴われて食堂を出て行く。

「最近のクインザ様、なんだか呪われているみたいですわ……」

「しっ！　滅多なこと言うもんじゃないわよ」

「でも、クインザ様と関わったら授業の課題も台無しになるのよ。近付かないほうがいいわ」

ここそことクラスメートの話し声が聞こえてくる。

クインザにも聞こえたのか、悪役令嬢はクラスメートをギロ、と睨《にら》んだ。途端にクラスメートたちは急いで目を逸《そ》らす。

その一方で、ステラたちは意気揚々と「目指せ、優勝！」を合言葉に夕食を終えた。お風呂《ふろ》に入り、明日の準備をして、ベッドに潜り込む。

そして、消灯時間を過ぎて少ししたとき。

ステラはむくっとベッドから起き上がった。

「オタク、起きてる？」

「何だ？」

同室のフィーナはベッドで寝息を立てている。

燭台《しょくだい》が消えた室内で、ステラは杖《つえ》立ての中にいる俺を見下ろした。彼女の銀髪が鈍く光を反射している。

「ちょっと夜風に当たるから、付き合いなさい」

ステラと俺は窓から部屋を抜け出した。

パジャマ姿のステラを乗せ、俺は夜の闇を翔《か》ける。

光の聖法《せいほう》で周囲を照らすことはしない。消灯時間を過ぎているにもかかわらず、自室から出ているのが先生に見つかったらマズいからだ。

「ツンデレ少女と深夜ドライブ……！　俺の人生にかつてここまでトキめくシチュエーションがあったか？　いや、ない！　普段は本音を見せないツンデレ少女が夜に二人だけになりたいと誘ってくるとは、この後きっとオタク大歓喜なイベントが――」

「ちぢ違うから！　何勝手な妄想してるのよっ」

俺の上に横座りしたステラは、つん、と顎を持ち上げる。

「あんたと二人になりたかったわけじゃないから。勘違いも甚だしいわ！」

「そうなのか……残念だ」

「だいたい、杖《つえ》のあんたがいないと聖法《せいほう》で飛ぶこともできないでしょ。あんたを連れて来たのはしかたなくよ、しかたなく！」

ステラの指示で、俺はアントーサの校舎の屋根に彼女を下ろした。

眼下には夜の校庭が広がっている。明日、聖法《せいほう》競技会が行われる場所は、しん、とした闇だけが蟠《わだかま》っていた。

ステラは洋瓦に腰かけ、杖《つえ》を傍《かたわ》らに置く。

「……」

しばらく、彼女は校庭を瞳に映したまま、何も言おうとはしなかった。

ステラがただ夜風に当たりに来たのではないことくらい、俺だって察している。

彼女が何か言い出すまで俺は待った。

「……あんた、アンリのこと、どう思ってるのよ」

ようやく口を開いたステラの声は、ひどく弱々しかった。

「どう思ってる、って、どういう意味だ？」

「何かあるでしょ。最近は同じグループで一緒にいるんだし……」

「そうだな。頼りになる仲間だと思ってるぞ」

「違うわよ！　そうじゃなくて、もっと他にあるでしょ」

「他に、とは……？」

「〜〜っ、いっつもアンリを褒めたり、肩を持ったりするじゃない！　だから、その……す、好きなのかなって……」

ステラはモジモジと落ち着かなく身体《からだ》を揺らしていた。

……薄々勘付いてはいた。俺がアンリを褒める度にステラは不満そうになるのだ。でもまさか、俺がアンリを恋愛的に好きと誤解するとは！

ふうぅー、と俺が大きく息をつくと、ステラがビクっと身を硬くする。

「ステラ……ここしばらく不機嫌だったのは、俺がアンリに心変わりしたと思ったからだったたのか？」

「は、はあ？　別に不機嫌じゃないわよ。そもそも、オタクが誰を好きでもわたしには関係ないし」

「関係ないなら、訊《き》く必要はないんだよな～」

「わ、わたしはっ、杖《つえ》の持ち主としてあんたの意思を確認したかっただけよ。本当にそれだけなんだから！」

ステラはムキになって俺を睨《にら》みつけてくる。相変わらず下手くそな言い訳だ。でもそんなとこが可愛《かわい》らしい。

「俺がアンリを褒めるときの九割は、彼女が水の聖法《せいほう》を発動させるときだ。ステラも一緒にいるから知ってるだろ？」

「だったら、あんたの褒め言葉は嘘《うそ》ってわけ？」

「いや、本心だが」

「やっぱり！」とステラは腕を組んだ。

「もうわかったわよっ。すぐに目移りするなんて、ふしだらなオタクらしいわね。わたしは別に、あんたがアンリを好きでも邪魔なんかしないし、むしろ変態なオタクから解放されて清々するっていうか……」

ステラは俺と反対側に顔を向けている。

固く握った手が震えているのは夜気のせいか、はたまた別の理由か。

とにかく俺はこの状況がもどかしい。杖《つえ》の身で唯一できることを俺はやった。

「俺はツンデレが世界で一番大好きだ――――っ‼」

闇に向かって咆《ほ》える。

果てしなく広がる夜陰に俺の魂の叫びが溶け、吸い込まれるように消えていく。後に残るのは風の囁《ささや》きだけだ。一度叫べば、妙にすっきりとした気分になった。胸につかえていたものがなくなっている。

一瞬、呆《ほう》けたステラは周囲を見渡してわたわたしていた。

「大声出してどうすんのよ、オタクっ。わたしたちは消灯後にこっそり出てきたのに……！」

「しまった。すっかり忘れてた」

辺りを窺《うかが》うが、人の姿はない。

騒ぎになって誰かが駆けつけてくる様子もなさそうだ。

相変わらず、世界にはステラと俺、二人しかいないみたいである。

「大丈夫そうだな。俺の迸《ほとばし》るツンデレ愛を聞き届けたのはステラだけのようだ」

「あ、あんたねえ……」

「いつも言ってるだろ？　俺はツンデレ推しのオタクだ。ツンデレ少女のためなら、この通り人間だってやめられる。ツンデレなステラが、俺にとって一番じゃなくなるなんてありえないんだよ！」

「バ、バッカじゃないの……！　あんたにとっての一番とか、どうでもいいし……」

「それでもまだ俺が心変わりしたと疑うなら、今ここでアンリ以上にステラを褒めよう。ステラの好きなとこなんて、それこそ星の数ほどあるからな。一晩あっても足りないぞ。まず、ほとんど手入れしてなくても綺麗《きれい》にウェーブしている銀髪だろ、目尻が上がった切れ長の目は最高に俺のタイプだ。棘《とげ》があるようで実は優しい性格も微笑《ほほえ》ましいし――」

「ああああダメダメダメッ！　それ以上言うのやめて……！」

　ステラは頭から湯気を噴きながら、ぶんぶんと首を振る。

「ギブアップが早過ぎるだろ。俺はまだ全然語り足りないんだが。せめて百個は言わせてくれないか？」

「ひゃ、百って、どんだけいかがわしい台詞《せりふ》を吐くつもりなのよ！　もうあんた喋《しゃべ》るの禁止っ！　一言でも不埒《ふらち》なこと言ったら許さないから！」

　ぷくっ、とステラは頬を膨らませる。ここで「怒ったように見せかけて実は照れてる顔も可《か》愛《わい》い」と言ったら、また大変なことになりそうだったので、俺は自重した。

　不機嫌な顔のまま、ステラは消え入りそうな声で呟《つぶや》く。

「わかってたけど、あんたやっぱり変態だわ。最低最悪のド変態よっ」

「俺の心変わりについては誤解が解けたってことでいいのか？」

「……あんたが『つんでれ』第一だってのはわかったわ」

プイ、とステラは顔を背けた。

この感じだと、誤解は無事に解けたんだろう。よかった。推し変したと推し本人に勘違いされたら悲しすぎるからな。

「どうしてそんなに『つんでれ』がいいのよ」

呆《あき》れたように訊《き》かれた。

屋根に体育座りしたステラは膝に顔を載せて問う。

「いつからあんたはそうなわけ？」

「ふむ。俺がツンデレを好きになったきっかけだな？　それは俺が十歳のときだった。当時からマンガや深夜アニメといった二次元にどっぷりハマっていた俺は、クラスでも筋金入りの陰キャオタクとして認知されていて――」

「待って。話にちょくちょく、わけわかんない単語が混ざるんだけど！」

「つまるところ、十歳のときから俺は既に、クラスでも浮いているオタクだったわけだ。イケメンでもなし、運動ができるわけでもなし。特に女子からの評判はすこぶる悪かった」

「当然よね。あんたは変態なんだから」

「だがある日、俺はクラスで一番人気の女子に告白された。いつもニコニコしている、とても可愛《かわい》らしい子だった。俺は驚いたけど舞い上がって、キョドりながらもＯＫした」

「は、はあ？　オタクのくせになんでモテてんのよ⁉　ありえないんだけど」

「その通りだ。俺はもっと警戒するべきだったんだ。オタクに何の下心もなく笑顔で近付いてくる美少女は存在しない、何か企《たくら》んでいるに違いない、とな」

俺は校庭を見下ろす。

朝礼台の近くにある女神像は乳白色の石でできていて、夜でもよく見える。その顔に貼りついた微笑——俺が女神を見る度に嫌な感じがするのは、告白してきたあの子を彷彿《ほうふつ》とさせるからかもしれない。今、ようやくそれに思い至った。

「結果的にその告白はただのお遊びだった。陽キャが陰キャをからかって楽しむやつだ。翌日、学校へ行くと、俺のみっともない告白OKシーンが動画で拡散されていて、俺はクラスの笑い者になっていた。しかも、俺に告白してきた子はわざわざ俺のとこまで来て、『本気であたしと付き合えると思ってたの～？ｗｗｗ』なんてバカにしてくる始末だ」

ステラには理解できない単語があったはずだが、空気を読んだのか、彼女はツッコんでくることはなかった。

「この地獄の日々がこれからずっと続くのか……、と俺は覚悟した。けれど、そのとき竹刀を持った幼馴染《おさななじみ》の女子が乱入してきて——俺はボコられた」

「は……？　あんたがボコられたの？　なんで？」

「わけがわからないだろう？　俺も最初はわからなかった。あいつは竹刀でバシバシ俺を叩《たた》きながら、キモオタが美少女から告白されるわけないとか、陰キャのくせに彼女作るのは生意気だとか、告白を期待するのは生まれ変わってからにしろとか、ありとあらゆる罵声を浴びせてきた」

あいつの家は剣道の道場で、物心ついたときから剣道を習っているのだ。運動音痴のオタクごときが敵《かな》う相手ではない。

「クラスメートたちは幼馴染《おさななじみ》にボロクソにされる俺を唖然《あぜん》と見ていた。すると、何が起こったか？　俺への同情票が集まり、クラスメートたちは俺を嗤《わら》うのを止《や》めたんだ。さらにその後、幼馴染《おさななじみ》は陽キャどものスマホも竹刀で叩《たた》いて破壊した。俺だけじゃ物足りなかったなんて物騒な台詞《せりふ》を吐いてな」

スマホ破壊が問題になりかけたが、そもそも小学校にスマホを持ってくること自体が禁止なのだ。あいつもそれをわかってて手を出したんだろう。暴走しているように見えるが、そういうところをあいつはきちんと計算に入れている。

「後日、俺は幼馴染《おさななじみ》にお礼を言ったが、彼女から返ってきたのは『打ち込み台にちょうどよかったからよ。あんたを助けた覚えはないわ』というツンデレ丸出しの台詞《せりふ》だった。俺を助けようとしてやったのはバレバレなのにな」

「そ、そんなのわからないじゃない。本当にあんたを叩《たた》きたかっただけかもしれないわ」

ステラは共感するところがあったのか、幼馴染《おさななじみ》の下手くそな言い訳を支持してくる。そんなわけあるか。

「かくして俺はツンデレを識《し》った。ツンツンした態度の裏にある真の優しさ、それがいかに素晴らしいものか気付いてしまったわけだ。ツンデレ幼馴染《おさななじみ》に救われた俺は、それ以来ツンデレに目覚め――」

ふと、あいつは今どうしているだろうかと考えてしまった。

バレンタインデーに教室でフラれたときはツンツンだと思った。だが、俺の病室に見舞いに来ていたならツンデレの線もまだ残っている。

彼女は果たしてどっちなのか。

ツンデレ推しを公言する身としては気になってしかたがない。

「……オタク？」

ステラが俺を覗《のぞ》き込んでいた。

「もしかして、その幼馴染《おさななじみ》のこと考えてるの？」

「いや、まあ……」

「ふんっ、隠さなくてもいいわよ。あんたは突然、別の世界に転生したんだから、元の世界を懐《なつ》かしむのも当然だわ」

ステラは星空を見上げる。

「……ねえ、もう一度、その幼馴染《おさななじみ》に会いたい？」

「え？」

銀髪の少女は小瓶を取り出した。

中には独特な色の液体が入っている。

「それは……？」

「この前の授業で作ったでしょ。姿を変える聖法薬《せいほう》よ」

「……なんでそれを持ってるんだ？」

「自主練しようと思って、この前の授業の終わりに、こっそり取っておいたのよ。ほら、授業ではあんたのせいで、きちんとウサギに変身できなかったでしょ。メルヴィア先生はあれでOKしてくれたけど、練習しておかないとわたしの気が済まないの」

「真面目だ！　そんなところも好きだぞ！」

「バ、バカっ！　不意打ちでそんなこと言わないで！」

赤くなったステラは小瓶を俺に突きつける。

「これを使えば、わたしはあんたの幼《おさな》馴染《じみ》にも変身できるわ。あんたは彼女の姿をまた見られるってわけ」

使ってみる？　と彼女は俺に訊《き》く。

少し迷ったが、俺は言った。

「よし、やろう」

ステラが小瓶の蓋を開け、液体を一気に飲み干す。

「女神の恩恵は我にあり。《水よ、在れ《アクアリア・ザイン》》《火よ、在れ《イグナリア・ザイン》》《光よ、在れ《ルクサリア・ザイン》》！」

俺は元の世界でよく見ていた姿、もう一度見てみたい姿をイメージした。

ぱああっ、とステラが光に包まれ、やがて光は収まる。

「どうよ、あんたの幼《おさな》馴染《じみ》になれた？　――って、何も変わってない⁉」

ステラが自分の顔に手を当てた。

ウェーブのかかった長い銀髪、吸い込まれそうなマリンブルーの瞳、中学生くらいのあどけない容姿。ステラそのままだ。

唯一、違っているのは服装。

セーラー服を着た銀髪美少女に俺は喝采した。

「うおおおお、セーラー服のステラ！　絶対に似合うと思ったんだ。やはり俺の見立ては正しかった……！」

「なっ……あ、あんた、幼《おさな》馴染《じみ》を見たいんじゃなかったの⁉」

恥ずかしいのか、ステラは杖《つえ》を振り回している。そうすると、短めの上着からチラチラとヘソが覗《のぞ》く。控えめに言って最高だ。

「幼《おさな》馴染《じみ》に会いたいのは事実だ。だけどそれは、あいつに会って訊《き》きたいことがあるからだ。姿を見ればいいってわけじゃない」

「じゃあ、なんで聖法薬《せいほう》を使うのに同意したのよ⁉」

「何故《なぜ》、聖法薬《せいほう》を使わせたか？　そんなの決まってるだろう。うちの高校の制服を着たステラを見たかったからだ！　他の学校の制服なんてまず着られないだろ？　しかもセーラー服は俺の世界の服だ。俺がイメージして着替えさせるしかない。ツンデレ少女を自由に着替えさせられる機会を有効活用しない手はないだろうがっ！」

「バカだわ――――！」

ステラが白目を剥《む》いて叫んだ。

「あんたねえ、わたしの自主練用の聖法薬《せいほう》をわざわざ使ってあげたのに、それをあんたの破廉恥な趣味に利用するってどういうこと⁉」

「これ以上ないベストな使い方だろ！　セーラー服を着たステラが見られるんだぞ⁉　同じ高校の制服を着たら、ステラが俺の後輩になった妄想が捗《はかど》るじゃないか。はあ、こんな銀髪ツンデレ後輩に『お弁当作りすぎたのであげます。せ、先輩のために作ってきたんじゃないですからね！』と言われたい人生だった……」

「あんたに妄想させるために聖法薬《せいほう》を使ったんじゃないわっ！　気持ち悪い妄想を今すぐやめて！」

ステラが地団太を踏む度、セーラー服のスカーフが揺れている。

「早くパジャマに戻しなさいよ。じゃないと、部屋に戻れないでしょ！」

「あと一分だけ！　ヘソチラを拝ませてくれ！」

「〜〜っ、このド変態っ！」


スースーと寝息がする。

校舎の屋根から自室に戻ったステラは、ベッドに入るなり、寝息を立て始めた。俺と深夜ドライブ、さらにはコスプレまでしたことで程よく疲れたのだろう。

明日は待ちに待った聖法《せいほう》競技会なのだ。寝不足でコンディションが悪くなるのだけは避けたい。

俺もそろそろ寝ないとな、と思ったときだった。

「――聖なるかな、聖なるかな、聖なるかな」

聞き覚えのある詠唱。

俺はビクリとして周囲を見渡す。

（一体、どこから声が……⁉）

部屋の壁にかかっている女神のレリーフは既に潰したはずだ。

詠唱はステラの机からしていた。机に置かれた分厚い聖典。その表紙には女神が描かれていて、どうやらそこから声が出ているらしい。

「現在《いま》過去未来すべてを見守られる御方。《光よ、在れ《ルクサリア・ザイン》》」

詠唱が終わる。

室内に光が現れ、女神を形作った。

「異世界の人間よ」

ホログラムのように透けた女神は、俺を見下ろし微笑《ほほえ》みかけてくる。

相変わらず胡散臭《うさんくさ》い笑顔だと思った。俺の中で警鐘が鳴っている。

「一体、何の用だ？」

俺は慎重に訊《き》いた。

二度と会いたくなかった、というのが本音だ。女神はもうステラを狙わないと言った。それだけで俺は十分なのだ。この期に及んで女神と話すことなんてない。

俺の警戒心を汲み取《くみと》ったのか、女神は寂しそうに眉を寄せる。

「用がなければ逢《あ》いに来てはいけないのですか？　妾《わらわ》と貴方《あなた》の仲ではないですか」

「どんな仲だ？　俺はあんたと仲良くなった覚えはないぞ」

「冷たい人ですね。約束通り妾《わらわ》はステラの人生が上手《うま》くいくよう、日々手助けをしてあげているというのに」

女神は杖《つえ》に唇を寄せて囁《ささや》く。

「素直に妾《わらわ》に感謝してくれてもいいのですよ？」

「やりすぎだ。あんたの手助けは必要ない」

ばっさりと切り捨てた。

杖《つえ》だと自分から距離を取れないのが痛い。

ふふ、と女神は愉《たの》しげに笑った。天を仰いだ女神は酔っているみたいに両腕を広げる。

「必要ない？　本当ですか？　妾《わらわ》は神なのですよ？　妾《わらわ》が贔屓《ひいき》にした人間はすべてを手に入れ、妾《わらわ》が疎《うと》んじた人間はすべてに見限られる。妾《わらわ》の匙加減《さじかげん》一つで世界は傾き、反転するのです。貴方《あなた》も今回、それを理解したのではないですか？」

「……とんだ神だな。この世界の人間に同情するよ」

「それは誉《ほ》め言葉として受け取っておきましょう」

両腕を下ろした女神は悩ましげに頰に手を当てる。

「妾《わらわ》は貴方《あなた》に歓《よろこ》んでもらいたかったのですが、残念です。この世界の人間たちは妾《わらわ》が姿を見せただけで、涙を流して歓《よろこ》ぶのですが」

「生憎《あいにく》と俺は女神信者じゃない」

「貴方《あなた》はやはり、特別な人ですね。妾《わらわ》の興味が尽きません」

強調された「特別」が白々しい。

いつまでこのうすら寒い会話をするんだ、と思った。

「本題に入りましょう。妾《わらわ》は忘れ物を取りに来たのです」

「忘れ物？」

「以前、妾《わらわ》は貴方《あなた》が魔女を殺せるよう祝福を授けました。ですが、今となっては、それはもう不要でしょう。ステラを殺すことはないのですから」

はっとした。

俺の『神の力』。それを女神は奪おうとしている。よりにもよって、聖法《せいほう》競技会の前日に。

「待った！　待ってくれ、この力がなければ俺は――」

「明日が楽しみですねえ。ステラはどのような活躍を見せてくれるのでしょうか？」

（クソっ！　これを狙っていたのか、腹黒女神！）

『神の力』がなければ俺は本物のクソザコオタクだ。ステラの聖法《せいほう》がまともに発動しなくなってしまう。

女神の手が俺の頭の部分に伸びる。

杖《つえ》の俺はそれを避《よ》けることもできない。

咄嗟《とっさ》に唱えた。

「《デウス・エスト――》っ！」

狙うは机の上の聖典だ。それを消せば、女神も消える。

が、

「させませんよ。聖典を焼こうとは罰当たりですね」

女神の掌《てのひら》が俺の額に触れるほうが早かった。

詠唱を終えた俺から黒い光線は出ない。『神の力』が失われたのだ。さあっ、と血の気が引いたような錯覚に陥る。

ニヤリと女神の唇が歪《ゆが》んだ。

「さようなら、異世界の人間」

「待っ……！」

ロウソクの火が消えるように女神は消えた。

室内に闇が戻る。

ステラとフィーナの安らかな寝息がしている中、俺は頭を掻《か》き毟《むし》りたい衝動に駆られた。

（やられた。あのクソ女神があああ……！）

遠くで鐘が鳴っている。

日付が変わり、聖法《せいほう》競技会当日が始まった合図だった。

四章　友達じゃなくて大親友です、とステラは言った。

聖法《せいほう》競技会当日の朝、アントーサの校庭へ向かうと、円形闘技場みたいな建物が出来上がっていた。

「わあ、これ、昨日までありませんでしたよね？」

フィーナは浮かれた様子で闘技場の高い壁を見上げている。

「なかったわ。今朝、先生たちが聖法《せいほう》で作ったんでしょ。去年もそうだったじゃない」

ステラはあからさまに硬い声だ。緊張しているのがよくわかる。

「これは学園長先生の高等聖法《せいほう》。一日保《も》つ」

アンリは平常運転に見えるが、本当のところはどうだかわからない。案外、内心ではプレッシャーを感じている可能性がある。クールな子とはそういうものだ。

「早く中に入ってみましょう！」

フィーナは遠足に行くような調子で闘技場へ向かう。

闘技場の内部はアリーナになっていた。階段状に観客席が並び、中央で行われる試合が見られるようになっている。

「すごい……あたしたち、今日はこんな大舞台で聖法《せいほう》を披露するんですね」

観客席の一番前まで下りたフィーナは、中央へと身を乗り出す。途端にベチン、と大きな音がした。

「いった〜〜〜！」

顔を押さえてフィーナが蹲《うずくま》る。

ステラとアンリが後から追いかけて来た。

「どうしたの？」

「顔に何かが当たったんです……」

アンリは中央へ手を伸ばす。その指先は硬いものに当たったように止まった。

「見えない壁がある」

「本当だわ。これで観客席と試合場所を区切っているのね」

ステラはペタペタと手を当てて、壁の存在を確かめる。壁はまったく見えないからパントマイムみたいだ。

「なんで透明の壁で区切られてるんだろうな？」

疑問に思った俺はそっと声を出した。

「なんでって、観客の安全を確保するためでしょ」

「壁がないと、試合中に聖法《せいほう》が飛んできて危険」

ステラとアンリの声が重なった。

「そんなに危ないのか……」

「選考会でも見たでしょ。本番はあれ以上の聖法《せいほう》がぶつかり合うんだから、観客用の防壁は必須よ」

「ちなみに、本番はどういうルールになるんだ？　また蜂を殺した数を競い合うのか？」

「全然違うわ。本番の試合は相手チームとの直接戦闘よ。どんな聖法《せいほう》を使っても自由。相手チーム全員の胸にあるバラを散らせば勝ちね」

「バラ？」

「試合のとき、選手は胸ポケットにバラの花を飾るのよ。自分のバラを散らされたら、その時点で試合からは脱落するの。最後にメンバーが残っていたチームが勝者となるわ」

「つまり、最低限自分のバラさえ守れば、試合に負けることはない、と」

「そうだけど……なんであんた、そんなに消極的なのよ」

ステラが不審そうにこっちを見てくる。

アンリとフィーナの視線も俺に集まった。

「………気のせいだろ」

「まったく。わたしたちは優勝を目指してるのよ。逃げ回ってるだけじゃ勝てないわよ」

ステラは自分たちの勝利を寸分も疑っていない。

俺が人間だったら、冷や汗でぐっしょりになっていただろう。杖《つえ》でよかった。

「なあ、三人とも。この後の予定はどうなっている？」

「この後って、しばらくしたら開会式が始まるわ。それからトーナメント戦が順番に始まるけど」

「なら、ちょっとだけ時間に余裕はあるな？　女神に祈りたいんだ。女神像のあるところに連れて行ってくれるか？」

女神像に向かうため円形闘技場を出ると、外はたくさんの人でごった返していた。いるのは生徒たちだけではない。燕尾服《えんびふく》やドレスで着飾った大人たちもいる。

「今年も保護者がいっぱい来てるわね……」

ステラがボソっと呟《つぶや》く。

「保護者だけじゃありませんよ。ほら、見てください、あそこ！」

フィーナが指をさす。

その先には琥珀《こはく》色の髪をした長身の女性、ハミュエルがいた。風の精霊王を宿している、最強と名高い聖女。彼女は立派な身なりをした人たちに囲まれ、談笑している。

アンリが無感動に言った。

「〈女神の杖《オプティ・バクルス》〉の隊長……」

「ハミュエル様、今年もゲストに来られたんですね」

「聖法《せいほう》競技会でただ一人、殿堂入りした卒業生。ゲストになるのは当然」

「殿堂入りって何ですか？」

「二年連続して優勝すると、その生徒は次の年から選手になれなくなる。それが殿堂入り」

「へえ、そんな制度があるんですね。あたしには無縁の話なので知りませんでした」

アンリとフィーナが話す中、ステラはじっとハミュエルを見つめていた。

ふと、ハミュエルが首を回す。

彼女の目がステラを映した。途端にハミュエルは周囲の人たちを置いて、こっちへ歩いてくる。

「え、ハミュエル様がこちらへ……!? あわわわ、どうしましょう。あたしたちが話していたのが聞こえたんでしょうか!?」

「何も失礼なことは言っていないはず」

慌てふためくフィーナ。アンリも身体《からだ》を強張《こわば》らせている。

ハミュエルはステラの前で立ち止まった。

ステラもまた長身の彼女を見上げていた。

二人の間にどこか親近感のある空気が漂う。

「聖法《せいほう》競技会の選手になったと聞いた。おめでとう」

ハミュエルの言葉に、ステラは「いえ」と返した。

「まだ選手になっただけです。お祝いの言葉は優勝したときにください」

一瞬、ハミュエルが呆気《あっけ》に取《と》られた。

すぐに彼女は愉《たの》しげな笑みを浮かべる。

「そうだな。『おめでとう』はまだ早かった。試合を楽しみにしている」

ハミュエルは踵《きびす》を返《かえ》した。ローブが翻《ひるがえ》り、その背に金糸で刺繍《ししゅう》された杖《つえ》のマークが煌《きら》めく。

それを目にして、ステラは声を張り上げた。

「わたし、優勝して必ず〈女神の杖《オプティ・バクルス》〉に入ります！　将来はハミュエル様と同じ部隊で戦いたいんです！」

ハミュエルが振り向く。

「そうすれば、きっと国中の魔獣を倒せると信じてます。魔獣がいない、誰も悲しむことがない、平和な世界を実現させたいんです……！」

思いの丈を叫んだステラは肩で息をしていた。

ツンデレ少女がここまで率直に自分の思いを打ち明けるとは。正直、俺も驚いた。おそらくステラは憧れの人、ハミュエルに宣言することで自分を退《ひ》けなくするつもりなのだ。

ハミュエルは穏やかに微笑《ほほえ》む。

「キミの入隊を待っている」

っ、とステラが息を詰めた。

ハミュエルは琥珀《こはく》色の髪をなびかせ、去っていく。すぐに他の人たちが彼女に近寄り、瞬《また》く間《ま》にその姿は見えなくなった。

「ス、ステラさん、ハミュエル様とお知り合いなのですかっ⁉」

「知り合いだとは意外」

ステラたちのやり取りを傍《そば》で見ていたフィーナは泡を食っていた。アンリも心なしか驚いているように見える。

「ま、まあね。以前、ハミュエル様に顔を覚えられるような出来事があって——」

ステラが照れくさそうに言っていたとき。

パンッ、と不意に音が鳴り響いた。

次いで男性の怒声が轟《とどろ》く。

「口答えをするな、フランツベル家の恥晒《はじさら》しがっ！」

三人は顔を見合わせた。

ステラたちは声がしたほうへ恐る恐る近付く。

「申し訳ございません、お父様……」

円形闘技場の陰にいたのはクインザとクインザ父だった。

一目でわかる仕立てのよい燕尾服《えんびふく》と仰々しい杖《つえ》。ホログラムで見た、縦にも横にも大きい中年男性が悪役令嬢を見下ろしている。

クインザが頬を押さえて倒れているところを見ると、さっきの音は父親がクインザを叩《たた》いたのだろう。

「近頃の貴様の成績はどうなっているのだ。一番を取れないばかりか、聖法薬《せいほう》一つ作れず実験室を燃やしただと⁉　火の一族が火事を起こしたなど、いい笑い種《わらいぐさ》だ。陰で教師どもに嗤《わら》われているかと思うと、腸《はらわた》が煮えくり返るわっ！」

「お父様っ、本当に、あれはわたくしのミスでは――！」

「言い訳など聞きたくない！　貴様が日々の努力を怠るから、このような醜態を晒《さら》す羽目になるのだ！」

「………申し訳ございません、お父様」

クインザの表情が虚無に染まる。

……見ていて気の毒になった。クインザの成績が落ちたのも火事になったのも、女神の介入によるものだ。クインザ自身が怠けていたわけではない。

「選考会の報告も儂《わし》に隠していたな。聞けば、選考会で一番になったのは平民のチームだとか。ユーベルタ家の若造に指摘され、とんだ恥をかいたぞ。いくら選考会とはいえ、平民に負けて恥ずかしくないのか！」

クインザは地面に座り込んだまま俯《うつむ》いている。

「よもや、本番でも平民どもに負けることはないだろうな？　そんなことになってみろ、貴賓席にいる儂《わし》の立場はどうなる⁉　観客全員のいい笑い者だぞ！」

「お、畏れながらお父様……相手はただの平民ではありません。あの邪《よこしま》な血統、ラズワルドもいるのです！」

　青ざめたクインザが叫ぶ。

　しかしクインザ父は冷淡だった。

「ラズワルドがいるからどうした？　負けてもしかたがないと言いたいのか⁉　誇り高き火の一族が、呪われた元水の一族ごときに劣るはずないであろうっ！」

　思わず俺はチラ、とアンリを窺《うかが》う。

　アンリはいつも通りの無表情だ。ぴくりとも動かない。

「ラズワルドとて今や平民。負ければフランツベル家の面目は丸潰れだ。フランツベルは平民以下の能力だと諸侯どもに嘲笑《あざわら》われ、外交にも影響を及ぼすだろう。貴様は千年続く公爵家を没落させるつもりか⁉」

「決して、決してそのようなことには……！」

　プレッシャーのあまり、クインザはガタガタと震えていた。

　女神のせいで散々、不運に見舞われているクインザは、すっかり自信を失っている。以前のように自分が勝つとは断言しない。

地面に座り込んだままのクインザに、クインザ父はふん、と鼻を鳴らした。

「出来損ないめ、負けたら承知せんからな」

吐き捨てたクインザ父は肩を怒らせて闘技場へ去っていく。

（……それが自分の子供に対する態度かよ）

取り残されたクインザはしばらく俯《うつむ》いたまま地面で動かなかった。やがて彼女はゆらりと立ち上がる。土で汚れたローブを払うこともなく、彼女は闘技場とは逆方向へ猛然と駆け出した。その目には涙が光っている。

「……嫌なものを見ちゃったわね」

悪役令嬢の姿が完全に見えなくなってから、ステラがぽつりと零《こぼ》した。

「クインザなんかに同情したくないけど、あんなものを見ちゃうとね……」

「お父様が大変厳しいとは聞いていましたが、想像以上でした……。なんだかクインザ様がお可哀想《かわいそう》です」

「フランツベル公爵の言うことは正しい。格下に負ければ、公爵家に力がないと思われ、周囲の諸侯に攻め入られる危険がある。領地領民を守りたいなら研鑽《けんさん》を怠るべきではない」

「だからって、試合前にあんなキツい言い方しなくてもいいじゃない」

「それは同意」

はあ、とステラは鬱憤を吐き出すようにため息をついた。

「クインザがわたしたちに負けられない事情があるのはわかったけど、わたしたちだって負けたくないわ。勝ちを譲ってあげる気はない。そうよね？」

「当然」

「はい、わざと負けるなんてクインザ様に失礼です」

「いっそのこと、わたしたちが優勝すればいいのよ。そしたらフランツベル家もどこの家もぜーんぶ平民以下。誰も他家をバカにはできないわ」

「そんな手が……ステラさん、天才です！」

「名案」

三人は優勝に向けて非常に前向きだ。

（マズいぞ……女神から『神の力』を取り返さないと、優勝どころじゃない……）

俺が内心で滝のような汗をかいているなど、三人は知る由《よし》もない。

早く女神像に連れてってくれ、と念じる。が、またしても妨害が入った。

「フィーナちゃん！」

甲高い声が上がり、三人は足を止める。

少し離れたところに、フリルのたくさん付いたドレスを着た中年の女性がいた。垂れ目の感じがフィーナにそっくりである。

フィーナが顔色を悪くして叫んだ。

「お母さん⁉」

「あなたの勇姿、しっかり見届けに来たわよお――――！」

フィーナ母はぶんぶんと大きく手を振っている。

ふわああっ、とフィーナが赤面した。

「うわあ、いかにも田舎者……」「あのドレス、何十年前のものかしら」「あんな古臭い化粧する人、初めて見たわ」

周りにいる生徒たちは女性を見てプークスクスと嘲笑《あざわら》っている。

こらえきれなくなったようにフィーナは駆け出した。彼女らしくない猛烈なスピードでフィーナ母に迫り、その腕を引く。

「あら、フィーナちゃん、再会のハグは？」

「そんなことよりお母さん、恥ずかしいから早くこっちに来て……！」

フィーナは母親を引っ張り、闘技場から離れていく。

ステラとアンリはチラ、と視線を交わし、フィーナの後を追った。

「もうっ、お母さん、試合を見に来てもいいけど、あたしには絶対に話しかけないでって手紙に書いたでしょ⁉」

校庭の隅っこ、人気《ひとけ》のないところでフィーナは母親の腕を放した。

「だって、フィーナちゃんを見つけちゃったんだもの。ちゃんと今日は、学園に来ても恥ずかしくない恰好《かっこう》をしているから大丈夫よ」

「どこが恥ずかしくない恰好《かっこう》……？」

おお、珍しくフィーナがツッコんでいる。

なかなかレアなシーンだな、と思って見ていると、フィーナ母がこっちに目を留めた。

「後ろにいるのがフィーナちゃんのお友達？」

「はい、ステラさんとアンリさん――って、アンリさんはどちらへ行かれたんでしょう……？」

気付けば、ステラの傍《そば》にいたはずのアンリが消えていた。

ステラもびっくりする。

「ほんとだわ！　さっきまでここにいたのに！」

「後で捜しに行かないとですね……」

「あらあらまあまあ、あなたがステラちゃん？」

フィーナ母は前のめりでステラに迫ってくる。勢いにステラがたじろいだ。

「はい、ステラ・ミレジアです……」

「フィーナちゃんからのお手紙にいっつも書かれているのはあなたね。会えて嬉《うれ》しいわ」

「な、何が書かれているんですか……？」

恐る恐る訊《き》いたステラに、フィーナ母はにっこりと微笑《ほほえ》む。

「――ステラさんは最高のお友達だって」

ぶわっ、とステラの体温が上昇したのが、掌《てのひら》から俺に伝わってきた。

ステラはわたわたと両手を振る。

「ち、違いますっ、わわわたしは別に、フィーナの友達なんかじゃ――」

「そうです。友達じゃなくて大親友ですよね！」

「なっ⁉」

フィーナに腕を抱え込まれたステラ。彼女の顔面は完全に火を噴く。

おっとりとフィーナ母は微笑《ほほえ》んだ。

「まあ、そうなの」

「はい、ステラさんとルームメートになってから、毎日がとても楽しくなりました。授業中も、お部屋にいるときも、ステラさんが一緒です。聖女への道のりは険しいですが、ステラさんと一緒なら乗り越えていけると思うのです」

「な、何言ってるのよ……⁉　わ、わたしはあんたなんかいなくったって――」

「土の聖法《せいほう》が必要なんですよね？」

「そっ、それはそうだけど……。あ、あんたの利用価値なんてそれくらいなんだから！」

「よかったです。あたしもステラさんにお返しできてるってことですね」

「ううう〜〜っ」

ステラが目をグルグルさせて困っている。ツンデレ少女は純粋な好意に弱いのだ。

ニコニコしながらフィーナ母はバスケットを差し出す。

「フィーナちゃんとお友達のためにパンプキンパイを焼いてきたのよ。みんなで食べてね」

「お母さん！　あたしは食事制限中だって言ったのに！」

渋々フィーナがバスケットを受け取ると、フィーナ母は「試合、頑張ってねえー」と去っていった。

フィーナは、はあ、と肩を落とす。

「すみません。お母さんは本当に、あの通り田舎者で……」

「謝ることないわよ。わたしはパンプキンパイ、嫌いじゃないもの」

「それならよかったです」

フィーナは早速バスケットを開けて、どうぞ、とステラに差し出した。バターの香ばしい匂いがする。

ステラはパイを頬張りながら周囲を見渡した。

「それより、アンリを捜しに行かなくちゃ。どこで迷子になったのよ……」

「ここにいる」

「うわあっ⁉」

いきなり後ろからアンリが顔を出し、ステラが飛《と》び退《の》いた。

「あんた、一体どこに行ってたのよ⁉」

「向こうの茂み」

「なんでそんなところに……？」

「ラズワルドと関わってると親が知ったら、心配する」

「アンリさん……」

「別に気にしてない。いつものこと」

アンリは相変わらずの無表情だ。

それでも伏せた睫毛《まつげ》に哀愁を感じてしまうのは、俺の錯覚なのだろうか。

フィーナはバスケットをアンリに差し出した。

「これは？」

「お母さんが作ったパンプキンパイです。お友達に食べてほしいそうです。伝統ある貴族のお口には合わないかもしれませんが――」

アンリはパイを取った。一口齧《かじ》る。

「……美味《おい》しい」

表情こそ変わらないが、アンリはパクパク食べている。

フィーナが「えへへ」と嬉《うれ》しそうに微笑《ほほえ》んだ。

「お母さんに伝えておきますね。アンリさんがパンプキンパイを気に入ってたって」

アンリが何かを言いかけて口を開く。けれど、彼女は一つ頷《うなず》いただけで、再びパイを口に運んだのだった。

いろいろと道草を食ってしまったが、俺たちは学園敷地《しきち》内にある礼拝堂へ向かっていた。俺が騎士階級《ナイト》と認定されたところだ。あそこなら大きな女神像がある。

「あんたが女神様に祈りたいなんて珍しいわね。どういう風の吹き回し？」

ステラは不思議そうにしている。

俺の目的は祈ることではなく、再び女神に会いに行くことだ。カチコミに行くと言い換えてもいい。

（絶対に女神から『神の力』を取り戻す。俺に『神の力』がなければ、おそらく普段のパフォーマンスは出せない。それをわかってるから、女神も聖法《せいほう》競技会の直前でこんな手段に出たのだ。ステラを選手にしたのはお詫《わ》びと言っていたが、あれは嘘《うそ》だ。初めからこうやって俺から力を取り上げ、大舞台でステラに恥をかかせるつもりだったんだろう。今までステラに肩入れしてきたのも俺を欺くため。本っ当に許せねえよなあ、あの腹黒女神……！）

だが、それはステラたちには言えないので、

「この前、眠れないからって女神像に頼っただろ？　今度は眠くなるようになってな。また女神に治してもらいたいんだ」

「はあ？」とステラが眉を持ち上げる。

「女神様にお祈りするのが一番効きますよねぇ～」

「クソザコ、眠いなら氷を出す？」

「いや、氷は大丈夫だ」

礼拝堂への道は見事に誰もいない。

今日は聖法《せいほう》競技会があるから、皆、校庭に集まっているのだ。

木々の中に佇《たたず》む、真っ白い建物が現れる。木製の重い扉にステラが手をかけた。

瞬間、バンッと内側から扉が開く。

「っ、クインザ……!?」

鉢合わせしたのはクインザだった。

向こうもステラたちにここで会うとは思っていなかったのか、ギョッとした顔になる。すぐに彼女は何かを隠すように手を後ろに回した。

（ん……？）

「おーほっほっほ、あなたたちも女神様に勝利祈願をしに来たのかしら？　でも残念ねえ、女

神様はあなたたちには微笑《ほほえ》まれないわ」

いつもならイラっとする高笑いも、さっき見た出来事の後ではなんだか哀れに思えてくる。

ステラもフィーナもアンリも、何も返せず黙りこくった。

クインザが眉を寄せる。

「何か言ったらどうかしら。その哀れむような目つき、気に入らないわ！」

「あんたにどんな事情があれ、わたしたちは負けないから」

ぷっ、とクインザが噴き出した。

ステラたち三人を馬鹿にしたように、クインザは高らかに哄笑《こうしょう》を上げ始める。

「『負けない』ですって？　ああ可笑《おか》しい！　あなたたちごときがわたくしに勝てるわけないじゃない。おっほっほっほっほ！」

ヘンだな……、と思う。

父親に叱られていたときはしおらしかったのに、ここにきて何故《なぜ》か自信が上限突破している。

女神に祈ったことで勇気付けられたのだろうか。

クインザはステラたちに杖《つえ》を突きつける。

「わたくしには女神様がついているのよ。試合で思い知るがいいわ」

血走った目。ギラつく眼差《まなざ》し。

はったりでも虚勢でもない。心の底から自分の勝利を疑っていない不敵な笑みを浮かべ、クインザは走り去った。

ステラたちはその背中を見送る。

「……何なの？」

「いつものクインザ様でしたね……」

「いや、いつもより敵意が高めだったな」

「不穏な感じ」

気にはなったが、クインザの姿は既に消えている。

ステラは礼拝堂の扉を開けた。

礼拝堂の中は前回と変わらず煌《きら》びやかな空間が広がっていた。あまりに豪奢《ごうしゃ》すぎて俺は落ち着かないが、この世界の人たちはこの空間に女神の威光を感じるのだろうか？

緋色《ひいろ》の絨毯《じゅうたん》を踏んでステラたちは進む。

正面にある大きな女神像の前で三人は立ち止まった。

「女神像に立てかければいいの、オタク？」

「ああ、頼む」

ステラは俺を女神像に立てかけた。

コツン、と頭が女神像に当たる。俺はワープに備え、気持ちを引き締めた。

（よし、来い！）

しかし、俺の視界は一向に歪《ゆが》まない。

呆《あき》れたようなステラ、心配そうなフィーナ、無表情のアンリが俺をじっと見つめるだけだ。

（……あれ？　おかしいな、前回はこれで神座に入れたのに……）

「すまん、ステラ」

「何よ」

「俺を女神像に叩《たた》きつけてくれないか」

「は……？」

一瞬、呆《ほう》けたステラ。その顔はだんだんと羞恥に染まっていく。

「あっ、あんたねえ、こんな神聖な場所で叩《たた》いてほしいって、どういうことよ⁉　あんたの変態趣味なんかに付き合わないんだからっ。冗談じゃないわよ！」

違う。変態趣味ではなく、俺は神座に入るため女神像にぶつかりたいだけなのだ。

これはいつもの手段でいくしかないな、と思った。

「神聖な場所ってことは、結婚式も礼拝堂でやったりするのか？」

「え、結婚式……？　そうね、卒業生が婚姻するときは、ここの礼拝堂を使えるって聞いたことがあるわ」

「じゃあ、今日は下見だな。この緋色《ひいろ》の絨毯《じゅうたん》は、ステラの髪もウェディングドレスも映えそうでいいな」

「ふぇ⁉　ななな何言ってんのよ、このバカっ！　変態オタクっ！」

予想通りステラは真っ赤になって、俺を女神像にカンカンと打ち付け始めた。頭が、肩が、背中が痛い。でも、俺はなんとしても神座に入り、女神に会って『神の力』を取り戻さないといけないのだ。そのためならこれしきの痛み、余裕で耐えられる。

「ステラ……」

見かねたアンリが止めに入ろうと声をかける。

が、フィーナがアンリの腕を掴《つか》んだ。

「大丈夫です。オタク様は叩《たた》かれるのがお好きなんです」

「……覚えておく」

覚えなくていい！

俺が叩《たた》かれて悦《よろこ》ぶ変態だという認識が広まりつつあるが、神座へは一向に入れない。どうなっているのか。女神像に触れるだけでいいんじゃなかったのか。とにかく俺はステラを恥ずかしがらせて叩《たた》いてもらうしかない。

「今日は一段と可愛《かわい》いな、ステラ！　大事な勝負の日だから緊張してるのか？　普段より凛々《りり》しい目付きが堪《たま》らないいな。手汗が十パーセント（当社比）多いのもオタク的にはおいしいポイントだ！」

「バッ、バカバカバカ――――っ！」

頭から湯気を噴いたステラは大きく腕を振りかぶり、俺を女神像に投げつける。

虚空《こくう》を飛んだ俺は、女神の顔面にカンッ、と当たった。それでも俺の意識は地上に留《とど》まったままだ。

(嘘《うそ》だろ……なんで神座に入れなくなってるんだよ……!)

自由落下しながら俺は絶望する。

数瞬の後、俺は祭壇に激突し、意識を失った。


「……タク、早く起きなさいよ。オタク……!」

「はっ」

気が付くと、俺は三人の美少女に膝枕されていた。……いや、膝枕というのは正確ではない。全身が膝の上に載っているのだから、膝ベッドだ。

校庭に作られた円形競技場。その観客席にステラ、フィーナ、アンリは横並びに座っている。俺は三人の膝の上に横たえられていた。

俺の声にいち早く気付いたステラが、「オタクっ⁉」と反応する。

「オタク様が目覚めたのですか?」とフィーナが覗《のぞ》き込み、「クソザコ、平気?」とアンリが声を掛けてくる。

「……目覚めた瞬間に俺を心配する美少女が三人もいるとは、俺はなんて幸せなオタクなんだ……」

しみじみ洩《も》れた本音。

ステラが瞬時に仏頂面《ぶっちょうづら》になる。

「ち、違うから！　あんたのことなんてわたしは心配してないし」

「またまたー、ステラさん、嘘《うそ》はよくありませんよ？　礼拝堂でオタク様の意識がないとわかったとき、ものすごく取り乱してたじゃないですか。ね、アンリさん？」

「泣きながらクソザコの名を呼んでた」

「あわわわ、あんたたち、テキトーなこと言ってんじゃないわよっ。泣いてたのは、えーっと、礼拝堂の装飾が眩《まぶ》しすぎたからよ！」

「うふふ、ステラさんは嘘《うそ》がとっても下手ですね」

「ありえない理由」

「最高に苦しくて、そこが可愛《かわい》い！」

ううう〜〜〜、とステラは唸《うな》った。

「とにかく、あんたが起きてくれてよかったわ。ほら、もう呼び出しの時間よ」

「呼び出し？」

「次の試合はわたしたちよ」

（何だって⁉）

俺は叫びそうになった。

まだ女神から『神の力』を取り戻していないのに——。

「開会式があるって言ってたじゃないか！　それはどうなったんだ？」

「そんなのあんたが寝てる間に終わったわよ。あ、フィーナ、そのバスケット忘れないでよ。残ったパイは後でわたしが食べるんだから」

バタバタとステラたちは自分の荷物を纏《まと》めて立ち上がる。

俺は意を決して声を出した。

「ス、ステラ……」

「何？　さあ、選手控室に行くわよ」

三人の少女は歩き出す。

途中の通路では他の生徒たちが行き交っている。俺が口を開くわけにはいかない。話すタイミングを完全に失ってしまった。

控室で荷物を置いたステラたちはローブを脱いで身支度を整える。

その中、ステラは落ち着かなく身体《からだ》を揺らしていた。

「こういうときって何かするべきだと思う？」

「何かって何ですか？」

「ほら、よくあるでしょ。円になって気合いを入れたりとか……バ、バカらしいからやらないわよね！　わたしも必要ないと思うわ！」

恥ずかしいのか、ステラはさっさと自己完結させてしまう。

フィーナはポン、と手を打った。

「いいですね、せっかくですからやりましょう」

「任せる」

フィーナとアンリが期待するようにステラを見つめる。

「ふ、二人がそう言うなら、しかたないわね」

ドギマギした様子でステラは手を出した。

ステラの手にフィーナ、アンリの手が重なる。

「聖法《せいほう》競技会、絶対に勝つわよっ‼」

「おーっ！」

「（コクリ）」

三人の手が離れる。

照れくさそうにそっぽを向くステラ、ニコニコしているフィーナ、相変わらず無表情のアンリ。反応はバラバラだが、三人の心が一つになったように思える。

（これぞ青春の一ページ……！）

推しの友情が見られて、俺は感動だ。

ちょうど先生が控室に入ってきた。

「ステラ・ミレジアのチーム、出番ですよ」

かくして三人は試合が行われるアリーナへ向かった。

＊＊＊

「続いては二年生の試合ですわ。赤チームの選手はクインザ・フランツベル、サーシャ・ポーラード、ミカエラ・ガードナー！」

わあああっ、と観客席から歓声と拍手が起こり、クインザと取り巻きたちが入場してくる。

クインザたち三人の胸には赤いバラが飾られていた。

ちなみに審判兼実況をしているのはメルヴィア先生だ。風の聖法《せいほう》を使った先生の声は、拡声器を通したみたいに闘技場内に響き渡る。

「続いて、白チームの選手はステラ・ミレジア、フィーナ・セルディア、アンリエッタ・ラズワルド！」

ざわっ、と観客席から不穏な反応があった。

「ラズワルドって、あの……？」

「邪《よこしま》な血統がどうして聖女学園に……？」

白バラを胸に挿したステラたちが入場しても、観客たちはザワついている。特に保護者からの顰蹙《ひんしゅく》の声は大きかった。

アンリがぽつりと言う。

「……ごめん」

「拍手がないことなら気にしなくていいわよ。歓迎されないのには慣れっこだし」

「そうですよ。大袈裟《おおげさ》に出迎えられると緊張してしまうので、かえってちょうどいいです」

闘技場の両端に、それぞれ三人が向かい合って並んだ。

彼我の距離は百メートル近くある。

「こんなに離れた状態から試合が始まるのか？」

俺が訊《き》くと、ステラは頷《うなず》く。

「聖法《せいほう》は遠距離攻撃が基本よ」

「貴族はまず前線に立たない。後方から聖法《せいほう》を飛ばすだけ」

アンリの補足に、なるほど、と思った。

「だからこそ、わたしたちは敵の裏をかくわ」

ステラが不敵に言ったとき、メルヴィア先生が杖《つえ》を掲げる。

「それでは試合開始ですわ。《火よ、在れ《イグナリア・ザイン》》！」

先生の杖《つえ》から、パン、と火花が飛び出した。

「突進するわよ、《風よ、在れ《ウエナリア・ザイン》》！」

ステラが杖《つえ》に乗り、唱える。

フィーナとアンリの詠唱も重なり、俺たちはクインザたちに一直線に迫る——はずだった。

「え……？」

ステラの身体《からだ》が浮かない。

いつもなら強い風が彼女を中空へ押し上げるのだが、今はそよ風が吹くだけだ。

「あれ、なんだか風が助けてくれないです……」

風の聖法《せいほう》が苦手で、普段飛ぶときはステラの力を借りているフィーナも高度が定まらない。

無意味に上下に揺れている。

異変に気付いたアンリが杖《つえ》に跨《また》がったまま振り向いた。

「何？」

「なんかヘンだわ。……聞いてる、オタク⁉ 飛ぶわよ！ 《風よ、在れ《ウエナリア・ザイン》》、《風よ、在れ《ウエナリア・ザイン》》、《風よ、在れ《ウエナリア・ザイン》》！」

ステラが切羽詰まって唱える。

俺は全身全霊で精霊に呼びかけていた。

（聞いてくれ、同志風の精霊！ 一度はツンデレをともに愛《め》でた仲じゃないか！ たとえ俺に力がなくなったとしても、ツンデレのよさは変わらないだろ⁉　頼む、ツンデレ少女を笑顔にするためなんだ。みんな俺に力を貸してくれ――っ‼）

……ダメだった。

俺の呼びかけに応える精霊はほとんどいなかった。

ステラの前髪がさわさわと揺れるだけで、飛ぶなんてもっての外だ。

「おおっと――⁉　距離を詰めようとした白チーム、どうしたんでしょう。風の聖法《せいほう》が上手《うま》く発動しないようですわ」

メルヴィア先生の実況が闘技場内に響く。

同時に前方、クインザたちのいる方角からキラッ、と赤い光が見えた。

「来る。敵の攻撃」

「鉄壁です、《土よ、在れ《テラリア・ザイン》》！　二人とも、早くこっちに！」

フィーナが鉄の壁を作り、ステラとアンリは壁の陰に集まる。

「クソザコ、褒めて」

「アンリの友達思いなところが尊い。クール美少女が垣間見《かいまみ》せる優しさが堪《たま》らん」

「ん……《水よ、在れ《アクアリア・ザイン》》」

フィーナの鉄壁の外側に、さらに水のドームが形成される。これでどこから火が降ってきても安心だ。

ドオオン、と鉄壁のすぐ向こうで爆発音がした。

炎が当たり、水のドームが白煙に包まれる。ドオオン、ドオオオン、と連続して爆発音が轟《とどろ》き、衝撃に三人は身を竦《すく》ませる。

「これはすごい火力ですわ！　赤チームは合同詠唱で巨大な炎を放っています。白チームは鉄壁と水壁で防御しているようですが、耐えられるのでしょうか〜？」

「だ、大丈夫なはずです……！」

「同じく」

実況の声を聞いて、フィーナとアンリは呟《つぶや》く。

二人が言うなら防御は大丈夫なのだろう。

大丈夫じゃないのは、こっちだ。

「……どうして……？　なんで聖法《せいほう》が使えなくなってるの⁉　昨日まで使えてたじゃない。なんで、大事な試合なのに、どうして……⁉」

スカートが土で汚れるのも構わず、ステラはへたり込んでいる。

俺は声を絞り出した。

「……すまない」

「すまないじゃないわよ。どうなってるの、オタク⁉　どうして聖法《せいほう》が——」

「本っ当にすまないッ‼」

爆発音に負けないくらい声を張った。

ステラも、フィーナもアンリも、黙って俺を見つめる。

「………今朝から調子が悪いんだ。精霊が俺の言うことを聞いてくれない。今の俺にできるのはおそらく、豆粒の光を出したりそよ風を吹かせたり、その程度のもんだ」

『神の力』がなければ、俺は本当にただのオタクだ。

精霊ですらなく、騎士《ナイト》階級にも及ばない。

「いくら謝っても償いきれないのはわかってる。ステラも、フィーナも、アンリも、今日のために頑張ってきたのに、俺のせいですまない。キミたちが負けるのは全部俺のせいだ。俺のことは煮るなり焼くなり好きにしてほしい」

クインザたちの攻撃はまだ続いている。

炎が鉄壁の向こうで爆《は》ぜ、火の粉が水のドームに降り注ぐ。

「……誰が負けるですって？」

気付けばステラは立ち上がっていた。

「オタクが調子悪いから何？　何を勘違いしてるのか知らないけど、わたしはあんたなんか初めからアテにしてないんだから！」

「っ⁉」

ステラは杖《つえ》に顔を寄せる。

強く、鋭い瞳が俺を覗《のぞ》き込んだ。

「わたしは元々、聖法《せいほう》が使えなかったんだもの。別にあんたなんかいなくても平気よ。実際、あんたと出会う前はわたし一人で全部乗り越えてきたんだし。今さらあんたが使い物にならなくたって、どうってことないわ。それより、自分のせいだなんておこがましいこと考えて、負けると勝手に決めつけてんじゃないわよ！」

放心してしまった。

俺がいなくて、聖法《せいほう》が使えなくて平気なはずがない。

それでも俺にそう言って強がった理由はただ一つ――彼女がツンデレだからだ。冷たい言葉の裏には優しい気持ちが隠されている。これぞツンデレだ。

「そうですね。オタク様の調子が悪いなら、あたしたちがいつもより頑張ればいいだけですもんね」

フィーナが明るく同調する。

アンリも頷《うなず》いた。

「私はクソザコに褒めてもらえればそれでいい」

「みんな……」

三人の優しさに俺は胸がいっぱいになる。人間だったらまず間違いなく泣いていた。

「ただ、わたしとフィーナがまともに飛べないなら、作戦は考え直さないといけないわね」

「狙いは変えなくていいと思う」

「それって、クインザ以外の取り巻き二人を先に落とすってこと？」

「そう」とアンリは言う。

「合同詠唱されると厄介。水と風の援護を先になくしてクインザの力を削《そ》ぐ」

最初の作戦では、試合開始と同時にステラたちは三人で取り巻きの一人を囲み、着実に一人ずつ倒していく予定だった。

「空中戦は私が一人でする。敵を叩《たた》き落《お》とすから、バラを散らすのは任せた」

「あたしは援護やります！」

「決まりね。地上に落ちた敵は任せて」

役割分担は即座に決まった。

クインザたちの攻撃が止《や》んだとき、アンリが言う。

「クソザコ、褒めて」

「アンリは軍師もできるんだな。アンリがいてくれるだけで心強いぞ！」

「ん……森は白い帳《とばり》で覆われ、一寸先も見えないほどだった。《水よ、在れ《アクアリア・ザイン》》」

さあっ、と辺りに白い霧が立ち込め始める。

霧の中、ステラたちは音を消して行動を開始した。

「合同詠唱を連発して赤チームは息切れしたようですわ。さて、白チームはどうなったのか

——おや、これは白煙……いえ、霧でしょうか？」

メルヴィア先生の実況を聞きながらステラとフィーナは走る。

空高く舞い上がったアンリ。取り巻きの一人を見つけた彼女は急降下する。

「《水よ、在れ《アクアリア・ザイン》》」

囁《ささや》くような詠唱。

アンリの手にナイフのような氷が大量に現れた。氷の刃《やいば》は取り巻きの一人、サーシャの頭を掠《かす》めるように放たれる。

「っ⁉　敵です！　クインザ様！」

氷を避《よ》けながらサーシャは叫ぶ。

クインザたちは白チームの三人を捜して飛行しているところだった。さっきの合同詠唱で、白チームは少なからずダメージを負っていて動けないものと赤チームは思っていた。

「どこ⁉　どこにいるの、サーシャ⁉」

クインザの呼ぶ声がする。

周囲はアンリの作った深い霧で満たされている。

クインザたち三人は敵だけではなく、仲間の位置も見失っていた。

「ここです、クインザ様っ……！」

霧の中、サーシャは訴える。

けれど氷の追撃は止《や》まず、サーシャ自身もどこをどう飛んだのかわからなくなる。

これでは敵の思うつぼだ。

焦《あせ》った彼女は唱える。

「《光よ《ルクサリア》――》」

「させない」

いきなりガン、と硬いもので腕を殴打《おうだ》された。

うっ、と呻《うめ》き、サーシャの詠唱は途切れる。

自分の位置を味方に知らせるために光を出そうとしたのだが、それはアンリの氷の剣に阻《はば》まれていた。

いつの間にかアンリはサーシャの正面にいて、再び剣を振りかぶっている。

「防御したほうがいい」

「ひっ、ラズワルド……！　《水よ、在れ《アクアリア・ザイン》》！」

顔を引きつらせたサーシャは、決死の思いでアンリへ勢いよく油を噴射する。

それはサーシャの十八番《おはこ》だ。クインザとともにいる水属性として、求められるのは火を消す水ではなく、火を燃え広がらせる油である。

アンリに油が付けば、クインザが火を点《つ》けるだけで勝負はつく。そう考えてのことだったのだが――

「ラズワルドに水で挑む愚かさ」

アンリは大きな氷の盾を作っていた。

油はすべて防がれ、さらに盾を構えたままアンリは突進してくる。

「思い知れ、己の拙さを」

バァン！　と思いきり氷の盾がサーシャにぶつかった。

顔面で氷の盾を受け、サーシャの意識が一瞬遠のく。すべての聖法《せいほう》はなくなり、彼女はベシャッ、と地に落ちた。

「うっ、この程度ならまだ……！」

すぐさま杖《つえ》を取り、サーシャは起き上がろうとする。

そこに影が差した。

咄嗟《とっさ》にサーシャは唱える。

「《土よ、在れ《テラ・ラリア・ザイン》》！」

石を投げて牽制《けんせい》するはずが、サーシャの聖法《せいほう》は発動しなかった。

「あんたはここまでよ」

降ってきた声。

見上げたサーシャの目に、銀髪の少女が映る。ステラはサーシャの杖《つえ》を握っていた。

「っ、《土よ、在れ《テラ・ラリア・ザイン》》！」

「だから無駄だってば」

ステラの体質上、杖《つえ》を握られている側は聖法《せいほう》を発動できない。

サーシャの攻撃は生じず、ステラは彼女の胸から赤いバラを奪い取る。

「あっ……」

「まず一人、脱落者よ！」

バラを握り潰した手を掲げ、ステラは叫んだ。

それは勝利宣言。

バラを失《な》くした生徒は以降、その試合には関われない。

「どうやら赤チームに脱落者が出たみたいですわ！　白チームは霧に紛れて赤チームを一人、討ち取ったようです」

メルヴィア先生の実況に、クインザがくっと歯噛《はが》みする。

「そこね、ステラ・ミレジア――っ！」

ステラの声から位置を割り出したクインザは唱えた。

「火の精霊よ、我が敵を焼き尽くす炎を熾《おこ》せ。《火よ、在れ《イグナリア・ザイン》》！」

無数の火球がステラに迫る。

今のステラは飛んで回避することも防御することもできない。マズい、と俺が思った瞬間、

「鉄壁です、《土よ、在れ《テラリア・ザイン》》！」

息を切らして追いついてきたフィーナがステラの前に鉄壁を展開する。

火球が鉄壁にぶつかり、派手に爆《は》ぜる音がしていた。

「助かったわ、フィーナ」

「クインザ様はあたしが引き付けます。ステラさんはアンリさんのほうへ行ってください！」

「任せて！」

鉄壁の陰から出て、ステラは霧の中へ飛び込んだ。

視界は霧で真っ白だ。それでもステラは一直線に走っている。

不安になって俺は訊《き》いた。

「アンリの場所がわかるのか？」

「わかるに決まってるでしょ。これはアンリが出してる霧よ。霧が濃いほうへ向かえば、アンリがいる——」

「そのとき黒雲が吹き飛び、天から光が射《さ》した。《風よ、在れ《ウエナリア・ザイン》》！」

詠唱が響いた。

闘技場に風が吹き抜けていく。

「なっ、霧が……！」

ぽっかりと一部の霧が晴れていた。

その中央にいるのはクインザの取り巻きの一人、ミカエラ。

彼女は「《土よ、在れ》《テラリア・ザイン》」と唱える。その手には石の剣が握られていた。

剣を携え、ミカエラは滑空する。

その先にいるのはアンリだ。

「私の心は永遠《とわ》に凍え切った。《水よ、在れ》《アクアリア・ザイン》」

同じように氷の剣を作ったアンリが迎え撃つ。

ガン、と両者の剣がぶつかった。

アンリとミカエラが幾度も剣を切り結ぶ。それを見ていて、俺は思った。

「なんだ？　アンリが押されてる……？」

今までまったく苦戦の様相を見せなかったアンリが、ミカエラ相手だと防戦一方だ。どうしたんだろうか。

「ミカエラは風属性だからよ。アンリより素早く動けるんだわ」

ステラに指摘されて気付く。ミカエラはアンリが追いつけない速さで周囲を飛び回り、縦横無尽に攻撃を繰り出していた。

「その調子よ、ミカエラ！　ラズワルドを潰しなさい！」

霧が収まってきたことでクインザは視界を取り戻したようだ。得意げに手を掲げる。

「《火よ、在れ》《イグナリア・ザイン》！」

掌《てのひら》に現れた火球。

ミカエラを援護するべく、悪役令嬢はそれを投げつけようとして――

「鉄壁です、《土よ、在れ》《テラリア・ザイン》！」

「なっ……！」

クインザの頭上から鉄の壁が落ちてくる。慌てて避《よ》けたクインザ。その際に火球は消えていた。

フィーナは果敢にもクインザに杖《つえ》を向ける。

「そっちの加勢をするなら、あたしを倒してからにしてください。それとも、あたしから逃げるつもりですか、クインザ様？」

「っ、田舎貴族の分際で……！　――火の精霊よ、我が敵を焼き尽くす炎を熾《おこ》せ。《火よ、在れ》《イグナリア・ザイン》！」

ブチッ、とクインザの血管が切れる音が聞こえてくるようだった。

鬼の形相になったクインザはフィーナに驟雨《しゅうう》のごとく火球を降らせる。

はわわっ、とフィーナはすぐさま鉄壁を展開した。頭に血が上ったクインザは執拗《しつよう》に鉄の壁へ火球をぶつけている。が、鉄の壁の中にすっぽり隠れたフィーナに攻撃は通らない。

「赤チームが霧を晴らし、試合は二手に分かれたようですわ。注目はアンリエッタ・ラズワルドとミカエラ・ガードナー。二人とも剣を作って、接近戦をしています！」

「このままじゃアンリがマズいわ」

アンリとミカエラの一騎討ちを見ていたステラが言った。

「何とかしないと、アンリが倒されちゃう！　わたしたちも加勢するわよ」

「どうやって？」

「あんた、まったく精霊としての役割を果たせないわけじゃないんでしょ。豆粒くらいの光は出せるって言ってたじゃない」

「それはそうだが……」

「だったら、豆粒の光でミカエラの邪魔をするわよ」

ステラはビシっ、と杖《つえ》をミカエラに向ける。

「光の精霊よ、崇高なる女神の名の下に契約を果たしなさい。《光よ、在れ《ルクサリア・ザイン》》！」

なんとなくステラの意図は悟った。

俺は俺のイメージを光の精霊に伝える。

アンリと剣を交えるミカエラ。彼女の目の前に、蛍の光みたいなぼんやりとした光がいくつか出現した。

光はチラチラと彼女の顔の前をウロついている。イメージ通りだ。無害だが、集中しているときにやられるとたぶんものすごくウザい。

「……？」

ミカエラは最初、意味がわからなかったようだ。

光を警戒して彼女の動きが鈍くなる。やがてただ光がウロつくだけだと悟り、ミカエラは一言発した。

「不快……」

ミカエラがステラに矛先を変える。

石の剣を構えた少女は弾丸のようにステラに迫った。

全身で突っ込んでくる風切り音。

辛《かろ》うじて身体《からだ》を捻《ひね》り、ステラはミカエラを躱《かわ》す。

「っ、危なっ……！」

思わずステラが洩《も》らす。ステラの運動神経がよくなければ決して避《よ》けられなかった。

躱《かわ》されたミカエラは宙返りして再びステラを狙う。

瞬間、アンリが間に入った。

「クソザコ、褒めて！」

「アンリ、タイミングばっちりだ。カッコいいぞ！」

「ん……《水よ、在れ《アクアリア・ザイン》》！」

ミカエラに向かって大量の水が噴射される。

まるで決壊したダムみたいな水量だ。ミカエラの姿は水に呑《の》まれるかと思われたが、

「《風よ、在れ《ウエナリア・ザイン》》」

「なっ、嘘《うそ》でしょ!?」

前方に風を出すことでミカエラは水を退《ど》けていた。

風圧でアンリの水が左右に割れている。

水の間をミカエラは突き進み、アンリのバラを狙った。

「クインザ様の命令……ラズワルドは倒す……！」

石の剣が白バラに迫る。

（ヤバい、逃げろアンリ……！）

俺が胸中で叫んだとき、アンリは唱える。

「水の都には金銀、宝玉すべての富が集まった。《水よ、在れ《アクアリア・ザイン》》」

アンリの胸元に大量の白バラが溢《あふ》れた。

「バラが増えた……？」

ミカエラが戸惑う。

どれが本物のバラかわからず、ミカエラはやみくもに花を散らすだけに終わる。深追いはせず、彼女はすぐさま空中へ飛び立った。

「つ、強いわ……」

「風は速いから厄介」

危ないところだったのか、アンリは息を切らしている。

「このまま長期戦に持ち込まれたくはないわね……。アンリ、一瞬だけでいいからミカエラの動きを止められない？　できるだけ低い位置で」

「やってみる」

アンリは飛び立った。

「《水よ、在れ》《アクアリア・ザイン》」と唱え、ナイフ状の氷をいくつもミカエラへ放つ。

しかしミカエラには当たらない。巧みな飛行で氷を避《よ》けた彼女は石の剣を振りかざし、アンリを倒すべく突進してくる。

「クソザコ、褒めて」

「クールなのに、褒められないと本来の力が出せないポンコツとか最高だ！」

「ん……《水よ、在れ》《アクアリア・ザイン》」

アンリの手に現れたのは水の盾。

ミカエラが鼻を鳴らした。

「チャンス……ラズワルドがついにコントロールを失《な》くした……」

石の剣は水の盾を易々《やすやす》と貫き――刹那、水の盾が凍った。

「っ⁉」

アンリはコントロールを失ったわけではなかった。わざと水の盾を作って剣を受けただけ。

盾が凍ったことで、刺さった剣は抜けない。

ミカエラが静止する。

その隙にステラは走っていた。

「はあああああ――――っ！」

気迫の声。

けれどミカエラがいるのは空中だ。ステラの身長の倍くらいの高さにいる。飛べないステラがどうするつもりなのか？

ステラは杖《つえ》を思いきり前方の地面に突き刺す。

瞬間、彼女が何をやろうとしているのかわかってしまった。嘘《うそ》だろ……、と思うが、ステラらしいとも思ってしまう。

「オタク、わたしのことも褒めなさいよっ」

「任せろ！　聖法《せいほう》がほとんど使えないのに諦めないで戦う凛々《りり》しさ、聖法《せいほう》にも対抗できる卓越した運動神経、それを叶《かな》えることができる健康的な肉付きの手足、アンリが褒められているのを実はこっそり嫉妬しているところも――」

「ああいつまで褒めるつもりなのよ、バカあああ――――っ!!」

ステラの全身にみなぎる羞恥心。

普段以上の力で強く地面を蹴ったステラは、棒高跳びの要領で跳んだ！

宙に舞い上がる長い銀髪。

ステラは手を伸ばし、ミカエラの杖《つえ》の端を摑《つか》む。

がくん、と途端にミカエラのバランスが崩れた。ステラが杖《つえ》に触れたことで風の聖法《せいほう》が使えなくなったのだ。

ステラとミカエラは二人とも地面に落ちる。その隙をアンリが見逃すはずもなく。

重い音を立てて転がった少女たち。

「もう一人、脱落者」

氷の剣で、ミカエラから奪った赤いバラを掲げ、アンリは宣言した。

くっ、とミカエラがアンリを見上げる。けれど、もう脱落して死人と見なされた彼女が飛びかかってくることはない。

「赤チームから二人目の脱落者が出ましたわ！　赤チームに残るはクインザ・フランツベル。たった一人で彼女は劣勢を覆《くつがえ》せるのでしょうか〜？」

ざわざわと観客席は戸惑いの声で溢《あふ》れていた。

火の一族、名門貴族のフランツベル。

対するのは、無名の平民が率いるグループだ。ラズワルドも数年前に没落していて今や名誉はない。

保護者も全校生徒も、試合が始まるまでフランツベルの勝利を疑っていなかったのだ。

「さあ、これであとはクインザだけよ」

制服に付いた土を払い、ステラは不敵に微笑《ほほえ》んだ。

アンリも頷《うなず》いてクインザを見つめる。

ミカエラが倒されたと知り、クインザの攻撃は止《や》んでいた。鉄の壁から顔を出したフィーナも、勝利を確信した表情になっている。

闘技場にただ一つ残る赤バラ。

杖《つえ》に跨《また》って宙に浮くクインザは三人を見下ろし――ふっと嗤《わら》った。

「おーほっほっほ、おーほっほっほ……！」

不気味な高笑いが響く。

怪訝《けげん》な表情になるステラたち。

「これでわたくしを追い詰めたと思ったのかしら？　チームメンバーを倒し、わたくしを孤立させれば勝利が手に入るとでも？」

（何だ……？　合同詠唱は封じたのに、なんでクインザはこんなにも自信に満《み》ち溢《あふ》れているんだ……？）

いまだに地面に刺さったまま、俺もクインザを見上げる。

クインザは獰猛《どうもう》に嗤《わら》った。

「笑止！　今からわたくしが本物の奇蹟《きせき》を見せてあげるわ」

彼女は小瓶を取り出す。

そこに入っていたのは、真っ黒な液体。それを飲み干し、クインザは唱えた。

「──女神の恩恵は我にあり。《水よ、在れ《アクアリア・ザイン》》《火よ、在れ《イグナリア・ザイン》》《光よ、在れ《ルクサリア・ザイン》》！」

カッと眩《まばゆ》い光がクインザを包む。

そして光が収まったとき──

「な、何よ、あれ……」

呆然《ほうぜん》とステラが呟《つぶや》く。

そこにいたのは、赤黒い炎を全身に纏《まと》った異形の少女だった。

＊＊＊

聖法《せいほう》競技会が始まる少し前。

「……許さない許さない許さない……！」

父親に頬を叩《たた》かれ、叱責された直後。クインザ・フランツベルはアントーサの雑木林を駆けていた。

試合のために念入りにセットさせた巻き髪が乱れ、新調したローブに枯れ草が付く。そんなのも気にならないくらい、クインザは激情に駆られていた。

何故《なぜ》、自分がお父様にあれ程まで怒られなければならないのか。

自分はフランツベルとして正しく、日々励んでいたはずだ。

何も間違っていない。

自分の努力が足りなかったわけじゃない。

すべてはあの嫌われ者――ステラ・ミレジアが在《い》るせい。

その名前を思い浮かべた途端、カッと身体《からだ》が燃え上がる。

平民のくせに。何も持たない孤児院出身のくせに。騎士《ナイト》階級の精霊しか宿していないくせに。

去年までは聖法《せいほう》が使えず、誰からも嫌われて孤立していたくせに。

虫けらみたいな存在で、どうしてわたくしと張り合えると思っているのか！

許さない。

分不相応なステラだけではない。

わたくしのルームメートだったのに、裏切ってステラに付いた田舎娘フィーナも。

平民に堕《お》ちたくせに、わたくしに礼儀を払わずステラの仲間になったラズワルドも。

わたくしが平民に負けたとわざわざお父様に伝えたユーベルタ家も。

わたくしと平民の試合を見世物にするつもりの観客たちも。

すべてすべて許さない！

目の前に白い建物が見え、クインザは足を止めた。

礼拝堂。女神様に祈る場所だ。

肩で息をしながら、クインザは扉を開けた。

実家にいるみたいな煌《きら》びやかな空間が広がり、クインザの心はわずかだが慰められる。

引き寄せられるようにクインザは歩いた。正面にある女神像に近付く。

最近の度重なる不運のせいでクラスメートには避けられ、教師たちの信用は失い、ルームメートにすら馬鹿にされている。もはや頼れるのは女神様だけだ。

女神像の足元にクインザは跪《ひざまず》いた。

両手を組んで祈る。

「……女神様、どうかわたくしにステラを殺す力をお与えください」

口をついて出たのは、あまりに物騒な願い。

これではいけない。平和を愛する女神様が叶《かな》えてくださるはずもない。

それでも——。

クインザはきつくきつく、爪が食い込むほど両手を握り締める。

それでも、ステラの不存在を願わずにはいられない——。

聖なるかな、聖なるかな、聖なるかな。

どこからか、微《かす》かに歌うような声がした。

おかしい。礼拝堂には他に誰もいなかったはずなのに。

クインザが不審に思った直後、彼女の頭上から真っ白い光が降り注ぐ。

「……？」

手を組んだまま、クインザは顔を上げた。

視界を灼《や》く、純白の光。

その中に己の信じる神の姿を見た。

「──貴女《あなた》の願いを聞き届けました、クインザ・フランツベル」

光に包まれた女神様が、こちらに優しく微笑《ほほえ》みかけてくる。

神々《こうごう》しい声で自分の名を呼ばれ、クインザは震えた。

「……あ……め、女神様……？」

自分は今、夢を見ているのだろうか？

全知全能、世界を統《す》べる女神様が目の前に現れ、直接自分に語りかけてくださるとは。

慈愛に満ちた微笑、輝くベール、沁《し》み渡るような声音……。

自然と目からは涙が零《こぼ》れていた。

それは畏敬の涙だ。讃美《さんび》の涙であり、感銘の涙である。

光の中、女神様は優しく語りかけてくる。

「これまでよく苦難に耐えました。度重なる試練、頑張りましたね」

ああ……、と思わず声が洩《も》れた。

苦難。試練。わたくしのことを女神様は天から見ていらしたのだ。そしてずっとわたくしを憐《あわ》れんでくれていたに違いない。

「貴女《あなた》は千年前、妾《わらわ》とともに戦った勇敢な火の一族の子孫。選ばれし、高貴な血統。妾《わらわ》が貴女《あなた》を認めます。貴女《あなた》は決して出来損ないではありません」

息が詰まった。感激で胸が熱い。

お父様に罵られた心の傷がたちどころに癒えていくようだった。

「フランツベルを背負う貴女《あなた》は負けてはいけません。下賤《げせん》な血統に負けてはいけません。己の名誉を守るために負けてはいけません」

「女神様っ、どうかわたくしに力をお与えください……！」

クインザはなりふり構わず床に平伏《ひれふ》した。

頭上で微笑《ほほえ》む気配がする。

「敬虔《けいけん》な貴女《あなた》に、妾《わらわ》が恩恵を授けましょう」

ヒラヒラと何かが舞い落ちてきて、クインザは手を伸ばした。

「それで聖法薬《せいほう》を作りなさい。さすれば、貴女《あなた》の願いは叶《かな》うでしょう」

光が収まり、女神様の姿も消える。

奇蹟《きせき》が終わっても、クインザは陶然と中空を見上げていた。

女神様の言葉を幾度も反芻《はんすう》し、やっと手の中を見る。

クインザが握り締めていたのは一枚の短冊《たんざく》だった。


クインザは疑わない。

自分に語りかけてきたのは正真正銘の神なのだと。

女神様の短冊《たんざく》は聖なるもので、作った聖法薬《せいほう》には聖なる力が込められているのだと。

試合中に真っ黒い聖法薬《せいほう》を呷《あお》り、クインザは唱えた。

「――女神の恩恵は我にあり。《水よ、在れ《アクアリア・ザイン》》《火よ、在れ《イグナリア・ザイン》》《光よ、在れ《ルクサリア・ザイン》》！」

クインザは光に包まれる。

光が収まり、変身した己の姿を見たクインザは高揚した。

赤黒い炎が全身から放たれている。それは彼女のイメージによって自在に形を変え、操ることができた。試しにクインザは蝶《ちょう》が翅《はね》を広げるように、自分の背に大きな炎の翅《はね》を作ってみる。

出来上がった赤と黒の美しい翅《はね》にクインザは歓喜した。

（素晴らしい、素晴らしいわ……！　これが女神様の御力！　わたくしは誰よりも強力な火を手に入れた……！）

地上を見下ろすと、こっちを呆然《ぼうぜん》と見るステラが目に入った。

驚いた表情に可笑《おか》しくなる。

今なら、忌々《いまいま》しいステラを消すことだってできるはずだ。

「――《火よ、在れ《イグナリア・ザイン》》」

クインザはステラを杖《つえ》でさす。

杖《つえ》の先に赤黒い炎の玉が生まれ、それは高速でステラに迫った。

地面に着弾した瞬間、バアァァン！　と爆《は》ぜる。炎が何倍にも膨れ上がり、黒煙が辺りに立ち込めてステラの姿を隠した。

まだステラは死んでいないはずだ。

こんな呆気《あっけ》なく、たった一発で死なれてしまったら、愉《たの》しくない。

クインザは再び詠唱した。炎の玉を連続で放つ。それはさながら、神が地上に大火を放つように一方的なものだった。

闘技場の一角が赤黒い炎で埋め尽くされ、クインザは攻撃の手を止める。

「あら～赤チーム、クインザ・フランツベルが聖法薬《せいほう》を飲んでパワーアップしましたわ。合同詠唱でもないのに凄《すさ》まじい火力！　白チームは……一人、一人脱落者が出ましたわ！」

「そんな……ステラさん！　アンリさん……!?」

ふと、別のところから声がした。

フィーナだった。彼女はステラから離れたところにいたため、炎に呑《の》まれなかったのだ。

姿が見えないチームメートを不安そうに呼ぶフィーナ。

クインザの顔に嗜虐《しぎゃく》的な笑みが浮かぶ。

杖《つえ》でフィーナをさす。

「《火よ、在れ《イグナリア・ザイン》》」

赤黒い炎が自分に迫っているのに気付き、フィーナは唱えた。

「鉄壁です、《土よ、在れ《テラリア・ザイン》》！」

フィーナはたちまち鉄の箱の中に引きこもってしまう。

炎の玉が鉄壁にぶつかり、爆発した。もうもうと黒煙が上がり、しばしてそれは晴れる。

壁は煤《すす》けていたが、まだ箱の体をなしていた。

そう、クインザの火では鉄の壁は破れない。

さっきまでも何度も鉄壁に火球をぶつけてきたが、決してフィーナにダメージは与えられなかった。

けれど、今のクインザはさっきまでとは違うはずだ。

「――《女神は唯一神なり《デウス・エスト・モルス》》……！」

口をついて出た女神様への讃美《さんび》。

聖なる力を感じる。女神様の威光を自分の身に感じる。

気付けば、掌《てのひら》には漆黒の炎が生まれていた。

(これこそが、女神様がわたくしに与えてくださったもの……！)

クインザは恍惚《こうこつ》と叫んだ。

「食らいなさい、これが女神様の御意志よっ！」

クインザは掌《てのひら》を地上のフィーナに向ける。

漆黒の炎は一直線に放たれ、鉄の壁を真っ二つにした。

「へ？　そ、そんな、鉄壁が……！」

姿を現したフィーナはすっかり戸惑っている。

クインザは背中の翅《はね》で飛び、フィーナに迫る。

「て、鉄壁です、《土よ、在れ《テラリア・ザイン》》……！」

「《女神は唯一神なり《デウス・エスト・モルス》》！」

フィーナが築いた鉄の防壁。それをクインザは易々《やすやす》と切り裂いた。手を伸ばしてフィーナの胸倉を摑《つか》む。

「きゃあっ！」

「よくもわたくしを裏切ってくれたわね」

クインザはフィーナを摑《つか》んだまま、再び上昇する。フィーナの足が浮き、彼女の瞳に怯《おび》えが混じった。

ステラの前に、まずはフィーナからだ。

自分をコケにした償いをさせなければ気が済まない。

「あ、あたしは、裏切ったわけじゃ――」

「わたくしのルームメートだったのに、わたくしが庇護《ひご》してやっていたのに、こうして今わたくしの敵になっている。それは裏切りだわ」

クインザは噛《か》みつくように顔を寄せる。

「誰のおかげで一年前期の授業を乗り越えられたと思ってるのよ！　罰則《ペナルティ》だらけにならなかったのは誰のおかげ⁉　田舎くさい服ばかり着てたからお古のドレスも譲ってやったのに、この恩知らず！」

「……そ、その節は、ありがとうございました……」

（ありがとうですって？）

イライラする。フィーナのくせに、何故《なぜ》真っ青になって謝罪してこないのか。泣きながら反省の弁を述べるのが筋ではないのか。

「クインザ様に感謝はしています。でも、あたしは、あたしの力を必要としてくれる人と一緒のチームになりたかったんです……！」

言い訳をするつもり？　フィーナのくせに。フィーナのくせに！

「ステラさんはあたしを対等に受け入れてくれました。あたしはステラさんといるほうが楽し

いです。ステラさんと一緒に学園生活を送りたいです」

ステラ。またステラだ。

何故《なぜ》なのだろう。いつだってあの平民は自分の前に立ちはだかる。

「だから、ごめんなさい。あたしはクインザ様のルームメートには戻らないです」

困ったように微笑《ほほえ》むフィーナ。

クインザの頭で何かが切れた音がした。

「誰があなたみたいな聖法《せいほう》下手を好き好んでルームメートにするのよっ！　頼まれたって戻してやらないわ！」

「え、で、でも、ステラさんはあたしの聖法《せいほう》は下手じゃないって――」

「下手よ！　どいつもこいつも下手なのよっ！　わたくしに敵《かな》うわけがないでしょう!?」

クインザはフィーナの胸にある白バラを握り潰した。

「あ……！」

バラは花びらを散らし、はるか地上へ落ちていく。

「赤チームの快進撃ですわ！　白バラがまた一つ、落ちました！」

実況の声がして、観客から歓声が上がる。

だけど、フィーナを脱落させただけじゃクインザの鬱憤は晴れない。

この田舎娘が謝罪を繰り返し、泣き叫んで、命乞いをして、自分を心から崇拝し、ステラへ呪いの言葉を吐くまで、クインザの鬱憤は晴れない。

「許さない……わたくしがステラを殺すのを見届けるといいわ」

赤黒い炎がフィーナの全身に絡《から》みつく。

クインザの意のままに、フィーナは翅《はね》の部分に磔《はりつけ》になった。

フィーナが小さく悲鳴を上げる。

「クインザさん⁉」

地上から、風の聖法《せいほう》を介さないメルヴィア先生の声がした。先生はクインザを見上げて訴えてくる。

「何をしているのです⁉　フィーナさんは試合から脱落しましたわ。脱落者を攻撃、拘束するのは禁じられています。今すぐ彼女を放しなさい。でないと、競技会のルール違反になりますわ！」

ふん、とクインザは鼻を鳴らした。

聖法《せいほう》競技会。……今となってはそんなお遊び、どうでもいい。

この場にいる全員に自分の力を示す。そして、ステラを殺す。それが女神様から与えられた自分の使命なのだから。

「クインザ・フランツベルっ！」

先生の呼びかけを無視して、クインザはふいと目を逸《そ》らした。

メルヴィア先生が無念そうに首を振る。

「……皆さまにお知らせいたしますわ。たった今、赤チームのクインザ・フランツベルのルール違反が確認されました。よって、この試合は白チームの勝利といたしますわ！」

突然の試合終了宣言に観客たちがざわめく。

メルヴィア先生はまだ炎を収めないクインザを鋭く見た。

「──そして今から、違反者クインザ・フランツベルを制圧いたします」

《水よ、在れ《アクアリア・ザイン》》、と先生は唱える。

クインザの翅《はね》に、杖《つえ》に、身体《からだ》に、青白い手がいくつも付着した。

メルヴィア先生の得意技だ。水の聖法《せいほう》で作られた手はクインザの動きをがっちりと封じ、フィーナを剝がしにかかる。

けれど、クインザは微塵《みじん》も慌てなかった。

「《女神は唯一神なり《デウス・エスト・モルス》》、《女神は唯一神なり《デウス・エスト・モルス》》、《女神は唯一神なり《デウス・エスト・モルス》》……！」

高らかにクインザは叫ぶ。

漆黒が少女の全身から放たれ、青白い手をたちどころに消していく。

「何の詠唱もしていないのに、何故《なぜ》……⁉　その黒いものは何なのですか……⁉」

メルヴィア先生が戸惑っている。

クインザは嗤《わら》った。

先生にはこれが詠唱に聞こえないのだ。女神様を讃《たた》える言葉こそが、聖なる力を発動させる詠唱だというのに。

「《女神は唯一神なり《デウス・エスト・モルス》》、《女神は唯一神なり《デウス・エスト・モルス》》、《女神は唯一神なり《デウス・エスト・モルス》》……!」

クインザが唱える度に、すべてを破壊する漆黒が生まれ、闘技場内を縦横無尽に走る。

それはメルヴィア先生が作った手だけではなく、観客席とアリーナを仕切る透明な壁にまで到達した。

薄氷が割れるように。透明な壁に亀裂が入り、観客の安全を守る防壁は粉砕した。生徒たちから悲鳴が上がる。

「おーほっほっほ……!」

青白い手をすべて消し、自由になったクインザは闘技場の空を華麗に舞う。フィーナは依然として拘束されたままで、その高さに顔色を悪くしていた。

「この出来損ないがっ!」

聞き覚えのある怒声が闘技場内に響き渡った。

クインザは声のほう——貴賓席を見る。

そこには顔を真っ赤にした父の姿があった。割れた防壁から身を乗り出し、父はクインザに向かって唾を飛ばしている。

「よくも儂《わし》の顔に泥を塗ってくれたな⁉　あれ程、敗北は許さんと言ったのに、何だこの結果は！　平民ごときに負けて恥ずかしくないのかっ！」

言及すべきことは他にあるはずだが、フランツベル公爵が怒り狂っているのは家の面子《メンツ》を潰したからだった。

父らしい、とクインザは冷めた目で見つめる。

「もう貴様は儂《わし》の娘ではない。この手で成敗してくれるっ！」

「《火よ、在れ《イグナリア・ザイン》》！」とフランツベル公爵は唱えた。

彼の杖《つえ》の先に現れたのは、クインザには到底抱えられないほど巨大な火球。真っ赤に燃え盛る火球を彼はクインザ目掛け、放った。

「訂正してくださいませ、お父様──いいえ、フランツベル公爵」

「っ……!?」

フランツベル公爵が息を呑《の》む。

火の一族の長が全力で放った火球。それをクインザは指一本で受け止めていた。

「わたくしは女神様に選ばれたのです。決して出来損ないではありませんわ！」

巨大な火球がクインザの触れたところから黒く染まっていく。

信じがたい光景に父の顔が引きつるのが見えた。

漆黒に塗り替えられた球体をクインザは押し返す。

「これはお返ししますわね。──《女神は唯一神なり《デウス・エスト・モルス》》！」

巨大な漆黒が貴賓席に衝突する。

ドオオン、と大爆発が起こり、貴賓席は跡形もなく消失していた。学園長先生が高等聖法《せいほう》で作り上げた闘技場。その一部が抉《えぐ》れたようになくなっている。父が泡を食って逃げていく姿が見えた。

ふっ、とクインザは口元を歪《ゆが》めた。

哄笑《こうしょう》が洩《も》れる。可笑《おか》しくて堪《たま》らない。誰も彼も自分を妨げることはできないのだ。まるで世界を支配しているよう——いいえ、まるでではない。

女神様の後ろ盾があるのだから、今や自分がこの世界を統《す》べているのだ。

＊＊＊

時は少し前に遡る——。

(何だ、あれは……どういうイメージをしたらああなるんだ……？)

聖法《せいほう》薬を飲んで変身したクインザを見て、俺は胸がザワつくのを感じていた。

試合は今や三対一だ。作戦通り、クインザのチームメートたちを倒して彼女を追い詰めたというのに、何故《なぜ》だか胸騒ぎが止まらない。

変身したクインザの顔には不気味な漆黒の仮面が貼りついている。空中に浮いた彼女の全身からは禍々《まがまが》しい赤黒い炎が放たれ、それは毒蝶《ちょう》の翅《はね》のように大きく広がった。

「――《火よ、在れ《イグナリア・ザイン》》」

赤と黒に彩《いろど》られたクインザがステラへ杖《つえ》を向ける。

その瞬間、ステラは弾《はじ》かれたように逃げ出していた。変身前のクインザとは違う。ステラもそれを察知したのだろう。

赤黒い炎が彼女の後ろで炸裂《さくれつ》する。爆風が銀髪を舞い上げ、ステラは地面に倒れ込んだ。

「ステラ……！」

俺は叫んだ。

いまだに地面に突き立てられたままの俺は叫ぶことしかできない。

立て続けに赤黒い炎が降ってきて、辺りはたちまち火の海になる。

「ステラ、無事かー!?」

彼女の姿が見えなくなって、俺は堪《たま》らず声を上げる。

やがて「アンリっ、アンリ……！」と悲痛な叫びが聞こえてきた。黒煙の向こうにステラと、横たわった青髪の少女が見える。

「……受け止めきれなかった」

アンリは仰向けに倒れたまま淡々と言った。

制服は焼け焦げて破れ、白い肌からは鮮血がドクドクと流れている。相変わらずの無表情だが、顔色が悪い。一目でわかる。これは早く止血しないと危険だ！

「あの炎、ヘン……単一属性の聖法《せいほう》の威力じゃない……」

「わかったから。もう喋《しゃべ》らないで、アンリ。今先生を呼ぶから……！」

ステラは近くに呼びかける。

「先生、怪我人《けがにん》が出ました！　急いで治療をお願いします！」

けれど、ステラの声を聞いても、先生は動かなかった。

「先生……⁉」

「試合中、選手に手助けすることはできません。脱落していれば話は別ですが」

先生の言う通り、アンリの胸にはまだ白いバラが残っている。

アンリが杖《つえ》に手を伸ばした。

「まだ戦える。私は――……っ⁉」

「脱落者です。早く運んでください！」

ステラはアンリのバラを奪い取っていた。ステラの手から白い花びらが落ちる。

アンリが戸惑う。

「どう、して……？」

「わたしにバラを容易《たやす》く奪われるような足手纏《あしでまと》いが、同じチームにいたら堪《たま》ったもんじゃないからよ！　さっさと救護室に行きなさいよねっ」

怒ったように言い捨てるステラ。

彼女は聖法《せいほう》競技会での勝利より仲間の無事を優先したのだ。

先生たちがバタバタとやってきてアンリを運んでいく。

それを見送って、ステラは小さく息をついた。

直後、

「きゃあっ！」

「フィーナ……⁉」

振り仰いだステラははっとする。

毒々しい翅《はね》を広げ、闘技場の空高く舞い上がったクインザ。彼女はフィーナの胸倉を摑《つか》んで持ち上げている。

「フィーナを助けないと……！」

慌ててこっちにやって来たステラは俺を地面から引き抜く。

が、

「すまない、ステラ……俺は今日飛べないんだ……」

「くっ」とステラが歯嚙《はが》みした。

あの高さはさすがに棒高跳びでは届かない。飛べないステラは見守ることしかできないのだ。

「あっ、バラが……！」

フィーナのバラが散らされて落ちてくる。

「赤チームの快進撃ですわ！　白バラがまた一つ、落ちました！」

メルヴィア先生の実況はステラがさらに不利になったのを告げていたが、ステラはどこかほっとした表情になった。

脱落すればフィーナに危害が及ぶことはない。

しかしステラの思惑はいとも簡単に裏切られた。

「クインザさん⁉　何をしているのです⁉」

メルヴィア先生がクインザに呼びかけている。脱落したフィーナをクインザが放さないからだ。

やがてメルヴィア先生が、白チームの勝利とクインザの制圧が始まったのを告げる。ステラたちの試合は急に終わってしまった。

「ステラ、俺たちは勝ったらしいぞ……」

「みたいね……。でも、クインザの違反負けだなんて、なんだか勝った気がしないわ」

釈然としないのは俺も同じだ。

あれだけ望んでいた勝利だが、この状況はまったく喜べない。

クインザに捕らわれたフィーナをステラは心配そうに見上げている。

「《女神は唯一神なり《デウス・エスト・モルス》》、《女神は唯一神なり《デウス・エスト・モルス》》、《女神は唯一神なり《デウス・エスト・モルス》》……！」

不意に聞き覚えのある詠唱が降ってきて、俺はギョっとした。

（『デウス・エスト・モルス』だって……⁉）

その詠唱はよく知っている。

女神から与えられた『神の力』を使うときに唱えるやつだ。何故《なぜ》、クインザがそれを唱えているのか？

クインザの掌《てのひら》に漆黒が集まる。見た目も俺が知っている『神の力』と同じだ。

（マズい。マズすぎる！　いつどうやってクインザが『神の力』を手に入れたのか知らないが、あの力は圧倒的――）

俺が焦《あせ》りを覚えるのと、漆黒が放たれたのは同時だった。

パリンパリンッ、と闘技場の透明な壁が割れて落ちてくる。

「ステラっ、上っ！」

俺の言葉に反応し、ステラは素早い身のこなしで避《よ》けた。崩壊した壁が地面に突き刺さっている。

「どうなってるのよ……⁉」

メルヴィア先生の聖法《せいほう》は呆気《あっけ》なく消滅させられていた。

さらにクインザは巨大な漆黒の火球を貴賓席に叩《たた》き込む。大爆発が起き、闘技場の一部が消失した。

「ステラさん、避難しましょう」

気付けば、エイルーナ先生が傍《そば》に浮いていた。杖《つえ》に跨《また》って飛行すれば、先生の長すぎるローブ丈も気にならない。

「クインザさんは暴走しています。ここは危険です」

「でも、まだフィーナが！」

クインザの翅《はね》に磔《はりつけ》にされる形でフィーナは拘束されている。

「フィーナさんは先生たちが救出します。幸い、ここには国軍最強とも言われるハミュエル殿もいることですし、どうにかするでしょう。聖法《せいほう》が使えなくなっているステラさんの出る幕はありません、アハッ」

「つ、使えないわけじゃありません……！」

「飛ぶこともできないのですから、使えないのと同義ですよ」

どうやらステラの聖法《せいほう》の異変は、試合ですっかりバレているようだ。

「それに、仮にステラさんが聖法《せいほう》を使えたところで、あれには太刀打ちできません」

「……わたしではクインザに敵《かな》わないと、先生は仰《おっしゃ》るのですか？」

「さっきからクインザさんの詠唱がおかしいのに気付きませんか？」

エイルーナ先生は微笑《ほほえ》んでステラを見つめる。

闘技場が破壊される音に混じって、クインザの「《女神は唯一神なり《デウス・エスト・モルス》》！」と繰り返す声が聞こえていた。

「あの句は女神様を讃《たた》える古代語。聖法《せいほう》の詠唱ではありません。つまり彼女が発動しているのは紛れもなく――魔法なのです」

はっとステラが目を見開く。

（まさか『神の力』の詠唱が女神を讃《たた》える言葉だったとは……くそ、知らずに唱えてたじゃないか……！）

アンチ女神派の俺としては受け入れがたい事実だ。

「魔法に対抗できるのは魔法だけです。とはいえ、クインザさんは魔女ではないため、さほど脅威にはなりません。魔法薬を飲んだだけですから、魔法が使えるのも一時的でしょう」

「魔法薬を飲んだ『だけ』……？」

ステラが微《かす》かな違和感を覚え、眉を寄せる。

俺も不思議に思った。魔法は文明を滅ぼすとまで言われる代物だ。飲んだ『だけ』などと軽々しく言えるものではないはず。

エイルーナ先生は猫のように目を細めた。

「彼女のあれは固有《オリジナル》の魔法ではなく、魔法の残滓《ざんし》です。我々がわざわざ相手をする価値はないってことですよ、アハッ」

「違反者クインザ・フランツベルに告ぐ！」

凜《りん》とした声が響いた。

闘技場の中空に、一陣の風が湧き起こる。金の刺繡《ししゅう》が輝くローブ、なびく琥珀《こはく》色の髪。最強の聖女とも言われるハミュエルが現れていた。

「杖《つえ》を捨て、投降せよ。キミの行いは国軍としても看過できるものではない」

漆黒の仮面を着けたクインザが攻撃を止《や》めて、ハミュエルを認める。さすがにハミュエル相手には降伏するのか、と思いきや、彼女はニヤリと口元を歪《ゆが》めた。

「お断りですわ！《女神は唯一神なり《デウス・エスト・モルス》》――！」

ハミュエルに漆黒が一直線に迫る。

が、次の瞬間、ハミュエルの姿はかき消えていた。

空振りした漆黒の炎が闘技場の壁を砕く。

「……やはりその力は『魔法』か」

「っ⁉」

クインザが驚いて振り向く。

ハミュエルはいつの間にかクインザの後方にいて、クインザの杖《つえ》の断片を手にしていた。

（マジか。ハミュエルが移動するところも攻撃するところもまったく見えなかったんだが……⁉）

ステラは憧れのハミュエルが戦うところを直《じか》に見られて興奮しているようだ。熱い眼差《まなざ》しを注いでいる。

「わたくしの杖《つえ》を……！」

「斬らせてもらった。勧告に従わなかったのだから、止《や》むを得《え》まい」

ハミュエルは杖《つえ》の断片を放る。それは地面に落ち、鈍い音を立てた。

杖《つえ》を失ってもなお、クインザの翅《はね》は健在だ。それは彼女が発動しているのが聖法《せいほう》ではない、という証左になる。

「フランツベルともあろう者が愚かしいことをしたものだ。よもや呪われた力、魔法に手を出すとは」

「魔法ですって？」

クインザは鼻で笑う。

「どちらが愚かしいのかしら。これは女神様から与えられた力、聖なる力ですのよ。そんなこともわからないんですの？」

「……魔法に触れて認知が歪《ゆが》んだか」

ハミュエルは沈痛な面持ちで首を振った。

「これ以上の問答は無用。——魔法の使用を確認した。罪人クインザ・フランツベルを捕縛する」

「女神様の御意志に背くなんて、そっちこそどうかしていますわ！　《女神は唯一神なり《デウス・エァト・モルス》》、《女神は唯一神なり《デウス・エスト・モルス》》、《女神は唯一神なり《デウス・エスト・モルス》》っ！」

クインザが幾筋もの漆黒を放つ。

しかしハミュエルは再び姿を消していた。

いくら魔法といえども、姿が見えない相手を狙い撃つことはできない。

自棄《やけ》になったクインザは四方八方に漆黒を放っている。闘技場が破壊されていくが、先生たちの誘導で観客は既にいなくなっている。落ちてきた壁がステラに直撃しそうになるものの、エイルーナ先生が聖法《せいほう》を使ってそれを打ち砕く。

「アハッ、聖女ごときがどうやって魔法に立ち向かうのかと思ったら、全部回避してるんですねえ。さすがは風の精霊王。噂《うわさ》には聞いていましたが、あの速度は常軌を逸しています。あれは敵にしたら厄介でしょうねえ」

エイルーナ先生もハミュエルの戦いぶりが気になるようだ。愉《たの》しげに頭上の戦闘を眺めている。

連続して詠唱したクインザは息を切らしていた。炎と煙に包まれた闘技場を見渡し、口元を悦《よろこ》びに歪《ゆが》める。

「死んだ……？　〈女神の杖《オプティ・バクルス》〉の最強の聖女が――」

「生憎《あいにく》と掠《かす》り傷一つない。《風よ、在れ《ウエナリア・ザイン》》」

「うぐうっ⁉」

クインザが吹っ飛び、闘技場の壁に叩《たた》きつけられる。

ハミュエルがクインザの正面に現れ、至近距離から風の塊を放ったのだ。

「手荒な方法ですまない。魔法を使う者に聖法《せいほう》の拘束は意味がないからな。意識を失わせるしかないんだ」

再び詠唱したハミュエル。彼女のローブが激しくはためき、杖《つえ》の先に風が集まっていくのが視《み》える。

「いい加減目を覚ませ、クインザ・フランツベル」

風の精霊王の力を纏《まと》い、一撃必殺の風は放たれる。

くっ、とクインザが呻《うめ》く。咄嗟《とっさ》に彼女は翅《はね》で自身を防御していた。その翅《はね》には、ぐったりと憔悴《しょうすい》したフィーナが捕らわれていて。

「なっ……⁉」

「フィーナ！」

驚愕《きょうがく》するハミュエルに、叫ぶステラ。

放たれた風は止まらない。

クインザの翅《はね》に磔《はりつけ》にされたフィーナに避《よ》ける術《すべ》はなく――

「――フィーナを返して……《返せ》っ！」

ドクン、と。

俺の心臓が痛いほど脈打った気がした。

世界がすべての理を超越して捻《ね》じ曲がる——。

ステラの掌《てのひら》から放たれた漆黒の鎖。一直線に伸びたそれは、フィーナに直撃するはずだった風を消失させていた。

（ステラ……!?）

当のステラは放心したように自分の掌《てのひら》を見つめていた。そこから伸びた鎖は意思があるように少女の元へと戻り、彼女の腕に巻きつく。

じゃらり、と重苦しい金属音が鳴った。じゃらり、じゃらり、と黒い鎖は虚空《こくう》から次々と生まれ出で、銀髪の少女の周囲に浮かんでいく。彼女の頭部には鎖が巻かれ、円環となったそれはまるで冠のようだった。

（魔法、だ……）

漆黒の鎖を戴《いただ》く少女。禍々《まがまが》しくも神々《こうごう》しいその姿を見て、俺は本能的にそう悟った。

（マズいぞ。魔法を使ったと知られたら、大変なことになる！）

瞬時に俺は周囲を窺《うかが》う。

「ステラさん……」

エイルーナ先生はあちゃー、と言うように額を押さえていた。生徒の悪戯《いたずら》を見つけたような反応だ。処刑するべき魔女を見つけた反応ではない。

クインザはそもそも何が起きたかわかっていないようだ。

問題は――

「ステラ・ミレジア……？」

ハミュエルが虚空《こくう》からステラを見下ろしていた。不可解なものを目の当《ま》たり《あ》にしたように鋭く目を細めている。

その隙にクインザが唱えた。

「《女神は唯一神なり《デウス・エスト・モルス》》！」

異形の少女が手を掲げる。

空に無数のシミができたみたいに大量の漆黒が生まれ、

「わたくしを認めないなら、誰も彼も死ねばいいのよ――っ‼」

暴力的な魔法が降り注いだ。

「フィーナ……！」

いまだ捕らわれたままの少女にステラが手を伸ばした瞬間、ドン、とエイルーナ先生が体当たりした。不意打ちを食らったステラは杖《つえ》を取り落とす。

エイルーナ先生は小柄なくせにそのままステラを担《かつ》ぎ、尋常じゃないスピードで飛び去っていた。

（ステラあああ――っ！）

置いてきぼりを食らった俺は心の中で叫ぶ。

無数の黒い炎が俺のすぐ傍《そば》で爆発し、俺は吹っ飛んだ。熱風、黒煙、衝撃……。杖《つえ》だから特に俺にダメージはない。

「エイルーナ先生……!?」

先生に担《かつ》がれて闘技場の出口へ向かうステラは抗議の声を上げた。

「下ろしてください！　わたしはまだ戦えます……！」

「ステラさん、貴女《あなた》が戦えるのは知っていますが、今はまだそのときではないんですよ」

担《かつ》がれているステラに先生の顔は見えない。

「貴女《あなた》にはもっと力を蓄えて、もっともっと強大な敵を倒してもらわなければ」

「強大な敵……？」

「クインザさんに魔法を与えたのは誰だと思いますか？」

爆発音が連続して轟《とどろ》いている。黒い炎がすぐ近くで立ち昇るが、先生は風の聖法《せいほう》を巧みに操り、そのすべてを躱《かわ》していく。

「何故《なぜ》、女神様を讃《たた》えると魔法が発動するのでしょう？　不思議じゃないですか？　そもそもいまだに魔獣が世界から消えていない原因は？　思い出してください、去年の学年末試験を。貴女《あなた》を襲ってきた魔獣は何を食べて階級を上げたんですか――？」

ステラは唾を飲み込んだ。

畳みかけるように問いかけてくるエイルーナ先生に、普段のドジな雰囲気はない。

「崇拝は人を盲目にします。真実を見たければ、貴女《あなた》が信じているものを疑いなさい。貴女《あなた》が倒すべき、真の敵は――っ⁉」

急に風の聖法《せいほう》が効かなくなり、エイルーナ先生が言葉を失う。

「すみません、先生。やっぱりフィーナを置いて、わたしだけ逃げるなんてできないです」

「なっ……⁉」

ステラは先生の杖《つえ》を握っていた。

飛べなくなった二人は地面に落ちて転がる。すぐさま起き上がったステラはクインザへ向けて駆け出した。

「ステラさん！　欲張ってはいけないと言ったはずですよ！　友達を救うより、まずは貴女《あなた》自身を――」

「友達じゃありませんっ‼」

ステラの怒鳴り声が先生の台詞《せりふ》を打ち消す。

背を見せたまま、ステラは恥ずかしそうに言った。

「……友達じゃなくて、大親友です……！」

先生が呆気《あっけ》に取《と》られた隙に、ステラは黒煙の彼方《かなた》に消えてしまう。

続いてクインザの攻撃が降ってきて、エイルーナ先生は「おおっと」と杖《つえ》に跨《また》がった。トンガリ帽をかぶり直し、一人、闘技場を去る。

「〈束縛〉の魔女……二つ名通り、束縛が強いってわけだ、アハッ」

ドォン、ドォンと爆発音が轟《とどろ》く中、虚無の心で地面に転がっていた俺は、ステラの声を聞いて復活した。

ステラがエイルーナ先生に連れ去られてしばし。

「オタクっ、どこにいるのよ、オタクっ……！」

それはまるで、迷い込んだ真っ暗な森の中で見つけた一番星のようだった。

黒煙の向こうからキラリと銀髪が光る。

「ステラ──！　俺はここだ──！」

「オタク……！」

ステラも俺を見つけて駆けつける。

宙ではハミュエルとクインザの熾烈《しれつ》な戦闘が繰り広げられていた。

素早さを誇るハミュエルに対抗するため、クインザは物量で押すことにしたらしい。魔法が降り注ぐ中、それを掻《か》い潜《くぐ》ったステラは無事に俺の元に辿《たど》り着《つ》く。

「はあ、はあ、わたしから離れちゃダメじゃない、オタク……」

取り落としたのはステラなのだが、彼女は頬を膨らませている。とても可愛《かわい》い。

「すまんな。ステラの精霊としてあるまじき失態だ」

「まったくだわ。さあ、ハミュエル様に加勢して、フィーナを救い出すわよ！」

「ステラ……」

どうやってフィーナを救うつもりだ？　と思った。

今、俺は『神の力』を失い、ステラの聖法《せいほう》は無力だ。それでどうやってハミュエルに加勢するというのか。

（まさか魔法を使おうとしている——？）

魔法は使うな。それ以上やったら誤魔化せなくなるぞ。

そう口に出そうとして、俺は躊躇《ためら》った。

彼女は現在進行形で自分の周囲に浮いている鎖を魔法だと認識しているんだろうか？

……認識していない可能性が高い。この世界で魔法は禁忌《タブー》だ。魔法は邪悪な力だとステラも以前、語っていた。自分が魔法を使えるとは思っていないだろう。

魔法の使用はやめさせなければならない。

ステラがこの世界で平穏に生きたいなら、それは絶対だ。

「ねえ、オタク。わたし、今なら何でもできそうな気がするの」

先手を打たれたと思った。

鎖の冠をかぶった少女は、焦がれるように空の戦いを見上げている。

言うべきだ。

ステラのためを思うなら、言ってあげるべきだ。

その力は使っちゃいけない、と。

だけど――。

「試合では聖法《せいほう》がちゃんと使えなかったのに、不思議だわ。もう誰にも負ける気がしないの。フィーナを助けなくちゃ。わたしたちのいつもの学園生活を取り返すのよ」

漆黒の鎖を従え、ステラは俺を見下ろした。

決然とした表情。真《ま》っ直《す》ぐに見つめてくるマリンブルーの瞳は気高く、澄み切っていて。揺るぎない意志をそこに、見た。

魅せられるとは、こういうことを言うんだろう。

目覚めたばかりの幼い魔女は、地面に転がっている俺に手を伸ばす。

「さあ、オタク――わたしに付いてきなさい」

魔女に杖《つえ》はいらない。

魔法の発動に守護精霊は必要ない。

それでも彼女は俺を拾った。少しひんやりした手が触れて、俺の胸から熱くて苦しくてどうにもできない感情が溢《あふ》れ出《だ》す。

「……ああ」

それ以外に答えがあるはずもなかった。

きっとここで俺が止めても、ステラは聞かない。

そもそも魔女だとか魔法だとか、そんなものは俺たちの関係に何の影響も与えない。

ステラが「付いてきて」と言うなら、地獄の果てでも付いていくだけだ。

彼女は一瞬、嬉《うれ》しそうに頬を緩ませ、すぐに俺に乗る。

弾力のある太腿《ふともも》が俺を挟んだ。

「全速力で行くわよ。――《返せ》!!」

世界は今、魔女の一言で捻《ね》じ曲がった。

ステラが唱えるや否《いな》や、俺たちはジェットコースターみたいなスピードで飛んでいく。こんなに速く飛ぶのは初めてだ。「おお～!」と思わず俺は歓声を上げる。

ステラの詠唱に呼応して、闘技場の地面には真っ黒い鎖が放射状に走っていた。まるで紋様のように鎖は歪《いびつ》に増殖し、今まで外壁だけは無傷だった闘技場が一気に砂に変わる。

(これがステラの力……女神が言っていた「精霊を拘束する」というやつか……)

学園長の高等聖法《せいほう》で作られていた闘技場は消え、舞台はただの校庭になった。

同時にハミュエルも聖法《せいほう》を失っていた。

「精霊王！　何故《なぜ》だ、どうしてまた聖法《せいほう》が効かない……!?」

「ハミュエル様っ！」

墜落する最強の聖女を救ったのはステラの魔法だった。

ハミュエルの身体《からだ》に鎖が巻きつき、自由落下が止まる。

「ステラ……？」

呆然《ぼうぜん》とするハミュエルに、ステラは自信満々に言った。

「クインザならわたしに任せてください。元々、わたしの対戦相手ですから」

地上に降りたハミュエルが言葉を返すより早く、銀髪の少女は鎖を従えて飛び立つ。

黒煙を裂いて宙を翔《か》け、俺たちはクインザの前に躍り出た。

毒蝶《ちょう》の女王のごとく、禍々《まがまが》しい翅《はね》を広げて空に君臨しているクインザ。無差別に黒い炎を放っていた少女がステラを認めた。

「ステラ……まだ生きていたのね！」

「クインザっ、フィーナは返してもらうわよ！」

ステラは一直線にクインザの翅《はね》、そこに捕らわれたフィーナへ向かう。

「家名もない平民のくせに、できるものならやってみるがいいわ。《女神は唯一神なり《デウス・エスト・モルス》》！」

クインザから漆黒の炎が放たれた。

「《返せ》！」

ステラが作ったのは分厚い漆黒の壁。

炎は壁にぶつかるなり、バチンッ、という音とともに消える。

クインザの魔法に対し、ハミュエルは避《よ》けることしかできなかったが、ステラは違う。黒い炎を受け止めることが可能なのだ。

幾度も放たれる炎を幾度も作った壁で相殺《そうさい》し、ステラはクインザを目指す。

「《返せ》、《返せ》、《返せ》……！」

何度、黒炎を放っても打ち消して迫ってくるステラに、クインザがたじろいだ。

ついにクインザは逃走を開始する。ステラから距離を取る異形の少女。逃げながらも魔法を放ってくるのは忘れない。

地上では悲鳴とも怒号ともつかない声が上がっていた。

校庭の隅には闘技場から避難していた生徒や保護者が集まっている。皆、恐怖に駆られた目でクインザを見上げていた。クインザを指さす人たちもいる。

「なんておぞましい……！　呪われた力だわ！」

「フランツベル家も堕《お》ちたものだ。魔法に手を染めるとは」

「あの娘は聖女にあるまじき邪悪さだ。火刑にしろ！」

地上から聞こえてくる声。

たくさんの人が自分を非難しているのに気付き、くっ、とクインザは歯嚙《はが》みした。

「聖なる力と呪われた力の区別も付かない愚民どもが……！　女神様に選ばれたわたくしを侮辱した罪、その身で償うがいいわ。《女神は唯一神なり》《デウス・エスト・モルス》！」

校庭にいる人々に向けてクインザは手を一閃《いっせん》する。

斬撃の形となって黒い炎が降り注いだ。

校庭に避難しているのは、先生、生徒、聖女や聖法《せいほう》使いである貴族たちだ。

クインザの漆黒を防ぐため、何十という詠唱が重なる。

しかし――

「どうして聖法《せいほう》が発動しない⁉」

「嘘《うそ》だわ！　土の精霊よ、《土よ、在れ》《テラリア・ザイン》……！」

誰一人として聖法《せいほう》を使える者はいなかった。

混乱する人々に容赦なく襲いかかる黒い炎。

ステラが唱える。

「《返せ》！」

一本の黒い鎖が炎をすべて消し去った。

人々がどよめく。

それはさながら救世主だった。

誰もが聖法《せいほう》を失った中、ただ一人、空を自在に翔《か》ける銀髪の少女。彼女は再びクインザへ立ち向かっていく。

自分の攻撃を受け止められたクインザは怒り狂っていた。

「いつもいつも、わたくしの邪魔立てをするのね、ステラ……。今日こそは息の根を止めてやるわ――っ！」

女神を讃《たた》え、クインザは方々に漆黒を放つ。

そのすべてをステラは鎖で消滅させていた。誰にも怪我《けが》はさせない。誰も悲しむことがない平和な世界を望む彼女は、漆黒が校庭に衝突するのを許さない。

自分の力が通用しないことに、クインザが焦《あせ》りを覚える。

「……うぅ、熱いです……」

横から聞こえた微《かす》かな呻《うめ》き声に、クインザははっとした。

拘束されたフィーナはすっかり憔悴《しょうすい》している。この手があった、とばかりにクインザは口元を歪《ゆが》めた。

赤黒い炎を操り、フィーナの身体《からだ》を掲げる。

「ステラ、あなたが欲しいのは、これ？」

「フィーナ！」

血相を変えたステラに、クインザは獰猛《どうもう》に嗤《わら》った。

「そんなに返してほしいなら、返してあげるわよ」

その言葉と同時に、フィーナを拘束していた炎が消えた。

フィーナの身体《からだ》が落下する。

「――っ⁉」

声にならない悲鳴を上げてステラは翔《か》けた。

そこに降ってくる黒炎。

「《返せ》っ！」

ステラの掌《てのひら》から鎖が伸びる。それは黒炎を蹴散らし、フィーナの身体《からだ》に巻きついた。ステラの鎖にぶら下がる形でフィーナの自由落下は止まる。

「……ステラさん……？」

「フィーナ……！」

感動の再会。

それを堪能《たんのう》しようとした俺は、とんでもないものを目にする。

「ステラ、真上だっ！」

弾《はじ》かれたように天を見るステラ。

そこには巨大な漆黒を掲げたクインザがいた。

「二人仲良く死になさい！　《女神は唯一神なり《デウス・エスト・モルス》》ッ――！」

少女二人を呑《の》むには大きすぎる黒炎をクインザは放つ。

ステラは片手を挙げた。

「《返せ》、《返せ》、《返せ》、《返せ》、《返せ》ええええええっ……！」

鎖の束が飛び出し、黒炎とぶつかる。

二つの魔法が反発し合い、バチバチと激しい火花を上げている。

フィーナと自分を守るため、懸命に詠唱するステラ。

「頑張れ、ステラ……！　頑張れ……！」

思わず俺はエールを送っていた。

何故《なぜ》だろう。胸がひどく苦しい。杖《つえ》の俺に心臓はないはずなのに、胸の奥がドクドクと鳴っている。

魔法同士の拮抗《きっこう》は永遠には続かなかった。

ステラの鎖の一本が黒炎を突き抜ける。それはクインザの顔を覆っている漆黒の仮面を叩《たた》き割《わ》った。

仮面が割れた瞬間、クインザの攻撃がたちどころに消える。

「っ⁉　そん、な……女神様の御力が……！」

赤黒い炎も翅《はね》も何もかも失ったクインザ。

毒蝶《ちょう》の女王から悪役令嬢へと戻った少女は、真っ逆さまに地面へ落ち――

「《返せ》！」

咄嗟《とっさ》にステラが鎖でクインザを受け止めた。ショックで気を失っているのか、鎖にぶら下がったクインザは動かない。校庭にゆっくりと悪役令嬢を下ろす。

わあああっ、と人々が歓声を上げる中、ステラとフィーナも校庭に降り立った。途端にフィーナがステラに抱きついてくる。

っ、とステラが硬直した。

「ありがとうございます、ステラさん。あたしを助けに来てくれたんですね……！」

「ち、違うわよ！　わたしは試合に負けたくなかっただけで……！」

「ふふっ、あたしのバラの花はとっくにありませんよ？」

フィーナは誇らしげに空っぽの胸ポケットを示す。

ううう〜〜、とステラが唸《うな》った。

「ところで、ステラさん。さっきから気になっていたんですけど」

フィーナは屈託のない笑顔で首を傾《かし》げる。

「ステラさんの掌《てのひら》から出ているこの鎖って、何なのですか？」

カッ、と純白の光が射《さ》した。

太陽光ではない、不自然な光。

校庭にいる人たち全員が天を見上げる。

燦然《さんぜん》と輝くローブを纏《まと》った女神が空に浮いていた。

おお、と人々が感嘆を洩《も》らす。女神の幻に向かって両手を組み、膝をついて祈る人まで現れた。ステラもフィーナも陶然と頭上を見ている。

女神は珍しいことに、どこか哀《かな》しげな表情を浮かべていた。

「敬虔《けいけん》な民たちよ——」

女神が言葉を発するなり、校庭は静まり返った。

皆が皆、女神様の御言葉を聞き洩《も》らすまいと息を詰めている。

「災いの種は今、芽吹きました。魔が蔓延《はびこ》った千年前に時代は戻ろうとしています」

(女神め、何を言い出した……?)

胸がざわざわする。

聖法《せいほう》競技会でステラに恥をかかせる目論見《もくろみ》は失敗したはずだ。この期に及んで何をするつもりなのか——?

「人々は万魔時代の悲劇を繰り返してはなりません。数多《あまた》の屍《しかばね》を築いた戦争を、盗人《ぬすびと》が跋扈《ばっこ》した混乱を繰り返してはなりません。平和な世界を守るために——」

女神は手を持ち上げる。

その指は真《ま》っ直《す》ぐにステラを指していた。

（まさか……！）

俺は自分の考えが浅かったことを思い知る。

女神の狙いは大舞台でステラに恥をかかせることではなかった。

俺から力を奪い、対戦相手のクインザに『神の力』を与え、ステラが大勢の人の前で魔法を使うよう仕向ける。

ステラが魔女だと人々に知らしめるのが目的だったのだ。

ひゅっ、とステラが息を呑《の》み、女神は唇の端を吊《つ》り上げる。

「――さあ、〈束縛〉の魔女ステラを殺すのです」

電撃文庫
ツンデレ魔女を
殺せ、と
女神は言った。
ミサキナギ
Illust 米白粕

あとがき

一巻で予告した通り、無事に二巻が出ました！

そしてなんと、三巻も出ることが決まっています。これは昨今のラノベ業界的にはすごいことですよ。「どうしたんだ、電撃文庫」と思われた方も多いと思います。私も担当さんに言いました。「どうしたんですか、電撃文庫」担当さんからの答えをざっくり意訳すると、「この作品に期待しているから」とのことでした。電撃文庫が甘々になったわけではないそうです。なので、二巻を手に取ってくれた皆さん、布教のほど何卒《なにとぞ》よろしくお願いします！　ちなみに本作の略称は「ツン魔女」です。

ところで皆さん、一巻発売時に公開されたボイスドラマは聞いていただけましたか？

一巻のあとがきでも触れましたが、私が腰を抜かした宣伝施策はこれです。特典のつく書店で買ってない！　という方。特典以外にもyoutubeで電撃公式チャンネルから何本か出ていますので、是非聞いてみてください。釘宮理恵さんが演じるステラの可愛《かわい》さに胸を撃ち抜かれるはずです。私はシナリオを書いたので内容は当然のごとく把握しているのですが、それでも聞いた瞬間、「おおぅ……」と声が出て、しばらく動けませんでした。声優さんってほんと素晴らしいです。

せっかくなので、二巻の話も少々。

新キャラ、クーデレの登場です！　これまた大好きな属性を書かせていただきました。クーデレと一言で言っても、いろんなクーデレが世の中には溢《あふ》れていると思うのですが、私が好きなのは無口で無表情で……まあ、読んでいただければわかるはずです。この作品はかなり性癖に忠実に書いている、とだけ言っておきましょう。同志、求む！


紙幅も少なくなってきたので、謝辞に移ります。

一巻に引き続き、担当編集のお二人には大変ご尽力いただきました。

イラストを描いてくださった米白粕先生。キャラデザたくさんありがとうございます……！　特に新キャラ、アンリはめちゃくちゃカッコよくてお気に入りです。カバーイラストのラフを見て痺《しび》れました。フィーナも想像以上に可愛《かわい》らしくて感激です。

他にもデザイナー様、販促を行ってくださった各書店様など、たくさんの方々に支えられて本作があります。本当にありがとうございます。

そして最後に、この本を手に取ってくださった方に最大級の感謝を。

三巻でお会いしましょう。

ミサキナギ

◉ミサキナギ著作リスト

「リベリオ・マキナ
―《白檀式》水無月の再起動―」（電撃文庫）
「リベリオ・マキナ2
―《白檀式》文月の嫉妬心―」（同）
「リベリオ・マキナ3
―《白檀式改》桜花の到達点―」（同）
「リベリオ・マキナ4
―《白檀式改》紫陽花の永遠性―」（同）
「時間泥棒ちゃんはドキドキさせたい　俺の夏休みをかけた恋愛心理戦」（同）
「こんな可愛い許嫁がいるのに、他の子が好きなの？1～3」（同）
「ツンデレ魔女を殺せ、と女神は言った。」（同）
「ツンデレ魔女を殺せ、と女神は言った。2」（同）

本書に対するご意見、ご感想をお寄せください。

ファンレターあて先
〒 102-8177　東京都千代田区富士見 2-13-3
電撃文庫編集部
「ミサキナギ先生」係
「米白粕先生」係

本書は書き下ろしです。

電撃文庫

ツンデレ魔女《まじょ》を殺《ころ》せ、と女神《めがみ》は言《い》った。2

ミサキナギ

2024年 1 月10日　初版発行

発行者　山下直久
発行　株式会社KADOKAWA
〒 102-8177　東京都千代田区富士見 2-13-3
0570-002-301（ナビダイヤル）
装丁者　荻窪裕司（META＋MANIERA）
印刷　株式会社暁印刷
製本　株式会社暁印刷

ISBN978-4-04-915149-7　C0193　Printed in Japan

電撃文庫　https://dengekibunko.jp/

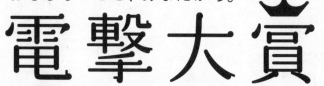